## 서정희

1980년 광고 모델로 데뷔한 서정희는 40년 동안 살림과 패션·뷰티의 아이콘으로 자리매김해 왔다. 톱 모델이자 방송인·작가로서 국내 최초로 본격 라이프스타일 시대를 연 저자는 그동안 자신의 삶과 스타일을 다룬 여러 권의 책을 출판, 밀리언셀러 작가로 등극했다.

서정희는 서세원ㅇ                              2015년 이혼한 후, 유
방암 진                                       이다"라고 했다. 하지
만 꽃이                                       다 당당하고 행복하
게 살아ㄴ                                      하는 이들을 위해,
"그래도 ㅅ                                     니라 푸른 하늘이 피어오르는 것이
에요"라고 ㅇ

이 책은 서정희가 2017년부터 자신의 인스타그램에 올린 글을 엄선하여 엮은 것이다. 인생 최고의 동반자 김태현 대표와 함께 tBD를 통해 집 짓기 프로젝트를 하고 있으며, 살림·글쓰기·인스타그램·유튜브 오디오 성경 낭독 등으로 활기찬 나날을 보내고 있다.

지은 책으로 《서정희의 자연주의 살림법》, 《서정희의 집》, 《서정희의 주님》, 《She is at home》, 《정희》, 《혼자 사니 좋다》 등이 있다.

서정희 인스타그램  @junghee_suh
서정희 오디오 바이블  youtube.com/@junghee_audiobible

디자인 | 박은별

# 살아 있길 잘했어

지은이 | 서정희
초판 발행 | 2024. 05. 22
등록번호 | 제 2023-000055호
등록된 곳 | 서울특별시 용산구 서빙고로65길 38 두란노빌딩
발행처 | 위더북
영업부 | 2078-3352    FAX | 080-749-3705
출판부 | 2078-3331

책 값은 뒤표지에 있습니다.
ISBN 979-11-9871600-2 03810

독자의 의견을 기다립니다.
tpress@duranno.com    www.duranno.com

ⓒ 이 출판물은 저작권법에 의해 보호를 받는 저작물이므로
무단 전재와 무단 복제, 무단 사용을 할 수 없습니다.

"삶의 모든 순간에 당신과 함께하는 책" 위더북은 두란노서원의 임프린트입니다.

# 살아 있길 잘했어

서정희

Give all your worries
and cares to God,
for he cares about you.

CONTENTS

# ①

## 그래도 우리는
## 살고 싶잖아요

Prologue. ———————————— 12

짧지만 화려하게, 또 오래도록 ———————— 20

칠십 살이 되면 더 반짝일 거예요 ————— 24

나는 깨진 그릇이었습니다 ——————— 30

고난과 친숙한 사람이 되었습니다 ———— 34

난 행복하게 살기로 했어요 ————— 40

사형 선고를 받은 줄 알았어요 ———— 42

상처가 오히려 훈장이 되었음을 ———— 48

그래도 우리는 살고 싶잖아요 ———— 52

날개는 잘렸지만 자유를 얻었으니 ———— 54

언젠가 진심이 통할 거예요 ———— 58

이게 행복이 아니면 뭐겠어요 ———— 62

내겐 너무 귀하게 보이는데 ———— 66

# ②

# 그저 감사할 뿐
# 무슨 할 말이 있겠어요

주님의 손가락을 따라가 보면 ———————— 70

당연한 게 당연하지 않았던 그때 ———————— 72

나와 함께 동산을 거닐어 주세요 ———————— 78

아무도 내 생명을 빼앗지 못해요 ———————— 82

그래도 용케 이겨 냈어요 ———————— 86

할머니의 흰 설탕물 ———————— 90

내 딸에게 기둥이 되어 주고 싶어요 ———————— 94

그저 감사할 뿐 무슨 할 말이 있겠어요 ———————— 98

이제 여행 갈 준비를 해야죠 ———————— 102

주님의 보호만 구하겠습니다 ———————— 106

오늘 주님이 회복해 주십니다 ———————— 108

# 3

# 꽃이 지고 나면
# 잎이 보이듯이

이제 엄마의 인생을 살기 바라 _____ 112

머리카락이 자라기만 해 봐 _____ 116

정희라는 꽃은 다시 핍니다 _____ 118

계속해서 내 이야기를 쓸 거예요 _____ 122

아직 하고 싶은 일이 많습니다 _____ 128

아무것도 안 하면 행복도 없을 테니 _____ 132

뭔가를 이루고 싶다면 독해야 해 _____ 136

집은 사계절을 함께 보내야 하잖아요 _____ 140

잘할 필요 있나요 _____ 144

나 혼자 해 보겠다는데 뭐가 문제죠 _____ 146

뭐든 내 식으로 해요 _____ 152

발레를 포기하지 않기로 했어요 _____ 160

노을은 푸른 하늘이 피어오르는 것이다 _____ 166

꽃이 지고 나면 잎이 보이듯이 _____ 168

그냥 두면 먼지만 쌓입니다 _____ 172

# 내가 웃고, 새벽도 웃고, 주님도 웃는 시간

내가 웃고, 새벽도 웃고, 주님도 웃는 시간 ——— 180

기도는 내게 비빌 언덕이에요 ————————— 184

나의 기도 방 —————————————— 188

이끼 정원 ——————————————— 192

내 삶의 방식은 몰입이에요 ————————— 196

글을 쓰면서 잊어버렸던 나를 발견해요 ———— 198

나는 집을 캔버스라고 생각해요 ——————— 204

공간의 향기 —————————————— 208

주님 잘했나요, 예쁜가요 ————————— 214

오늘도 나는 노래해요 ——————————— 216

# 5

## 살아 있길 잘했어

두 번째 스무 살이 돌아왔습니다 —————— 222

그 힘듦 속에도 뭔가가 있을 거예요 ————— 226

오랜만에 음식 냄새가 나겠네요 —————— 230

자유로운 영혼이 되어야겠어요 —————— 234

내 매뉴얼을 파기할 참이에요 —————— 238

질질 짜지 않기로 했어요 ——————— 242

그럼에도 불평하지 않겠습니다 —————— 246

인생 두 번 사는 사람 없잖아요 —————— 248

엄마를 이해할 수 있는 나이가 됐어요 ——— 252

할머니가 살아 계셨다면 뭐라고 하셨을까요 —— 258

다시 돌아갈 수는 없겠죠 ——————— 262

비바람이 앞길을 막아도 나는 갈 거예요 ——— 266

*Epilogue.* ———————— 268

*Prologue.*

# 아는 게 많아서
# 쓴 건 아니에요

---

알기 쉽고 군더더기 없는 글이 좋아요.

영화처럼 장면이 그려지는 글 말예요.

사실 내가 아는 게 많지 않거든요.

공부도 경험도 어쩌면

여러분보다 모르는 게 많아요.

내 이름으로 책이 나올 수 있었던 건

그저 매일 남보다 '좀 더 했던 일'

덕분일 거예요.


나는 기도도 짧게 해요.

거창한 말은 잘 안 해요.

"나 힘들어요. 도와주세요.

나를 기억해 주세요. 오늘 기뻐요.

잘했죠? 못했죠?" 하는 식이죠.

가끔씩 SNS에 사진을 올리는데,
언젠가, 사진만 올리기보다 내 상황이나 생각을
함께 올리면 어떨까 싶은 생각이 들었어요.
그래서 노트에 쓰곤 했던 글들을
사진과 함께 올렸어요.

대단한 일이 있는 것도 아니잖아요.
아침상을 차리다가 한 컷,
또 청소하다 집이 예뻐서 한 컷,
그 아래 짧은 글로 소개해요.
옆집 친구랑 소소하게
수다 떠는 느낌으로요.

많은 분이 댓글로 공감해 주셨어요.
어디 나가지 않아도,
누구를 만나지 않아도
많은 사람과 한 공간 안에 있는 것 같았어요.
그렇게 SNS패밀리를 만났어요.

그동안 나누었던 글들과 사진을 정리해서
책으로 엮었어요. 벌써 여덟 권 째네요.

사실 나도
이렇게 글을 쓰는 것이 맞나,
내가 잘 쓴 게 맞나, 수도 없이 질문해요.
적성에 맞기는 한 건가,
잘못 가고 있는 건 아닌가.
아직도 진로가 정해지지 않은 고등학생처럼
여전히 무엇이 되고 싶은가
고민할 때가 있어요.

그런데, 고민만 한다고
뭐가 되는 건 아니잖아요.
그럴 때마다 나는 무언가를 쓰고 있더라고요.
그걸 많은 사람과 함께 나누고 공감했더니
작가라고 불러 주더라고요.
얼마나 감사한지 몰라요.

그 감사함을 이 책에 담아
여러분 앞에 내놓습니다.
부디 삶의 한 장이라도
위로와 감동이 있기를 기도해요.

*Suh Jung Hee*

# ①

## 그래도 우리는
## 살고 싶잖아요

# 짧지만 화려하게,
# 또 오래도록

봄은 언제나 짧아요.
그래서일까요.
벚꽃 시즌도 참 짧아요.


오늘은 필까? 안 피었네. 곧 필 거야.
벚꽃 봉오리가 당장이라도 터져 나올 것처럼
몽글몽글해졌어요.
설렌 마음으로
아침마다 창 너머를 기웃거려요.
그리고 이틀 자고 일어난 아침,
드디어 꽃들이 오밀조밀 조잘조잘
소란스럽게 피어났어요.


부활절을 보내고, 4월의 아침.
와, 감탄이 나왔어요.


벚나무 아래에서 위를 보며 사진을 찍었어요.

파란 하늘도 함께요.

아마 바닥이 잔디였다면 벌러덩 누워서

이 절경을 오랫동안 감상했을 거예요.

내일은 눈부신 절정이 올 것 같아요.

꽃잎이 살랑살랑 춤을 추네요.


오늘 내일은 비가 안 오면 좋겠어요.

꽃잎이 다 떨어지고 나면

봄도 끝나 버릴 것만 같아요.

마지막 잎새를 보던 소녀처럼 조마조마해요.


아침 먹고,

점심 먹고,

저녁 먹고,

계속 창 너머를 바라봐요.

벚꽃이 곧 지고 말 테니 1초라도 아까워요.

잠깐뿐인 이 장관을 만끽할래요.


오늘도 나는 내 인생이

벚꽃처럼 피어나길 바라요.

추운 겨울, 죽을 것만 같았던 고통을 이겨 내고
당당히 아름다움을 뽐내는 것처럼.
그렇지만 반짝 피었다 지고 마는 꽃은
아니길 바라요.

오래도록 사랑하는 사람의 마음에 남고 싶어요.
한철 잠깐 피었다 지고 마는 벚꽃마저
누군가의 마음에 고이 간직되면
이듬해를 기대하고 소망하게 되는 것처럼요.

벚꽃과 사랑에 빠진 날을 기억해 주세요.

# 칠십 살이 되면
# 더 반짝일 거예요

시든 꽃들은 꺾어 줘야 해요.

이파리도 끝이 죽어 가면 잘라야 해요.

물도 줘야 해요.

그래야 잘 자라거든요.


동화 작가 타샤 튜더(Tasha Tudor)가 말했어요.

"정원이 하루아침에

만들어지는 줄 알아요?"


난 꽃들을 행복하게 해 줄 수 있어요.

사랑을 주는 거예요.

쳐다보고, 느끼고, 만지고, 입맞춤도 하지요.

그러면 꽃들도 나를 사랑해 줘요.

예쁜 사랑을 나누는 거예요.


나는 꽃이 좋아요.

늘 꽃꽂이를 했어요.

꽃시장을
일주일에 두 번 정도는 다녔어요.
월, 수, 금 중에서요.
꽃이 들어오는 날이거든요.
꽃시장과 종합시장이 모여 있는
고속터미널 상가는
내가 가장 사랑하는 놀이터예요.
꽃과 나무와 나뭇잎 사이에서
숨을 쉬는 것만으로도
큰 위로가 되었어요.


이따금
로즈메리 화분과 테이블야자,
아레카야자를 사기도 하죠.
나는 빨리 시드는 꽃보다
유칼립투스, 맥문동, 초록불로초,
오색버들, 죽아이비처럼
푸름이 오래가는 이파리와 줄기
그리고 싹이 나서 꽃이 피는
나뭇가지를 좋아해요.

속이 터질 것같이 아플 때,

슬픔이 나를 덮을 때,

아픔과 슬픔을 누르며

꽃시장을 돌고 또 돌았어요.


한동안 세상이 싫었어요.

모든 것이 싫었어요.

그때도 늘 가는 꽃시장을 찾았어요.


꽃과 풀들이 나를 봐요.

나뭇가지와 꽃들은 자유롭게 휘어지고,

자라나고, 피어나고.

작으면 작은 대로,

크면 큰 대로,

뻣뻣하면 뻣뻣한 대로

모두 아름답죠.


이혼하고 잠깐 꽃이 싫어졌어요.

꽃 때문에 이혼한 것도 아닌데,

꽃만 봐도 화가 났어요.

그래서 꽃꽂이를 한동안 안 했어요.

예쁜 꽃망울, 화초의 아름다움까지도
나를 모욕하는 거 같았어요.
내 인생이 메마른 풀과 같았고
시든 꽃과 같았어요.

그런데 나는
다시 꽃을 꽂기 시작했어요.

이제 내 인생은 희망적이에요.
내 나이 칠십이 되면
그 빛은 더 반짝일 거예요.
삶에 살구꽃이 필 것이며,
집은 꽃밭 같을 거예요.
꽃밭엔 움이 돋고 꽃이 필 거예요.

이 믿음의 근원이 무엇이든
난 멋진 생각들을 멈추고 싶지 않아요.
지나간 세월보다
앞으로의 인생을
멋지게 살고 싶은 걸요.

올해도 크리스마스가 되면

나만의 식탁 꽃꽂이를 준비할 거예요.

소품을 사러 많은 재료상과 꽃시장을
분주하게 총총거리며 다닐 거예요.
무너졌던 마음의 꽃들이 피어나고 있어요.

# 나는 깨진 그릇이었습니다

메뉴에 맞게 화소반 그릇을 꺼내다가
오랜만에 글을 씁니다.


오늘이라는 시간도 '그릇'이에요.
무언가를 많이 담아 내거나 비워 낸 그릇.


정희도 그릇이에요.
정희라는 그릇의 쓰임새, 디자인, 질감 등은
토기장이의 권한으로 정해졌어요.


"깨진 그릇이었는데"라는 안희환의 시처럼
부끄럽지만 나도 금이 가고 깨진 그릇이었어요.
채워도 곧 비고 마는, 새는 그릇이었어요.
그런데도 욕심이 있다면
남은 인생은 귀하게 쓰이는 그릇이 되고 싶어요.


닦아 주시고, 만져 주시고,
금이 간 곳을 보수해 주시고,

새는 곳을 막아서 다듬으시는

토기장이의 손길을 가만히

기다리기로 결정했어요.


큰 집에는 금 그릇과 은 그릇뿐 아니라 나무 그릇과

질그릇도 있어 귀하게 쓰는 것도 있고 천하게 쓰는 것도

있나니 그러므로 누구든지 이런 것에서 자기를 깨끗하게

하면 귀히 쓰는 그릇이 되어 거룩하고 주인의 쓰심에

합당하며 모든 선한 일에 준비함이 되리라

| 디모데후서 2:20-21 |

# 고난과 친숙한 사람이
# 되었습니다

이른 새벽 눈을 뜹니다.

가장 먼저 새벽예배를 다녀와서

하나님이 나를 위해 준비해 놓으신

말씀을 묵상합니다.

요즘은 게을러져 새벽예배 시간을

놓치기도 하지만,

개인 기도와 묵상 시간은 놓치지 않아요.

하나님이 오늘은 나에게 무슨 말씀을 하실까,

무엇을 가르쳐 주실까 기대하며

아침을 기다리지요.

주님 품에 안겨서 수다 떠는

이른 아침이 행복해요.


지금까지 살면서 적잖은 고통을 겪었어요.

이혼도 경험했고 유방암 수술도 했어요.

차라리 죽었으면 좋겠다는 생각도

여러 번 했어요.

그렇지만 이렇게 살아서
또 한 번의 아침을 맞네요.
인생은 별거 아니라고 수없이 말했지만
사실 인생이 뭔지도 몰랐어요.
'인생이란 이런 거구나.'
이제야 어렴풋이 알아 가고 있어요.


인생은 원래 내 뜻대로 되는 것도 아니라는 것을.
그리고 그것이 오히려 복이라는 것을.


우리는 인생을 뭔가
대단한 일을 해야 하는 것으로 착각해요.
그러다 보니 마음이 조급해져요.
뭔가 큰일을 해내야 할 것만 같아요.
그런데 그게 아니에요.
그 생각을 내려놓아야 해요.
우리는 하나님의 타이밍을 기다려야 해요.


유방암 환자에게 내일이란
분명 특별하지 않을 거예요.
여전히 한 움큼의 약을 먹겠죠.

3주에 한 번씩 병원에 가서 검사할 것이고,
의사 선생님에게 또 다른 약 부작용에
관해 물어볼 거예요.
그렇지만 이제 나는 조급하지 않아요.


매일 단순하게,
내가 씨를 뿌리면 주님이 거두신다는 진리를
아멘으로 화답하며 살려고 해요.
매일 주님을 만나는 길이 나의 살길이에요.


사실 나도 처음부터 이렇게
생각하지 못했어요.
소유를 지키려고 믿음을 팔았어요.
때로는 피해의식으로 내 연민에 빠졌어요.
기도해도 잘되는 일이 없으니
하나님을 원망했어요.
사랑받지 못하는 것 같아서,
아무도 나를 알아주지 않는 것 같아서,
세상에 버려진 것만 같아서
힘들어했어요.
아침마다 묵상하고 기도하면서

내 모순된 모습과
다듬어지지 않은 부분들을
하나하나 교정하고 있어요.
그 시간을 통해 가정과 세상에서
내가 겪는 역경과 시험이
다 가치가 있음을 깨달았어요.

이제는 환난 가운데서도 위로가 가득하고
기쁨이 넘친다고 고백할 수 있어요.

이제 나는 고난과 친숙한 사람이 되었어요.
고난 때문에 감사를 노래할 수 있어요.

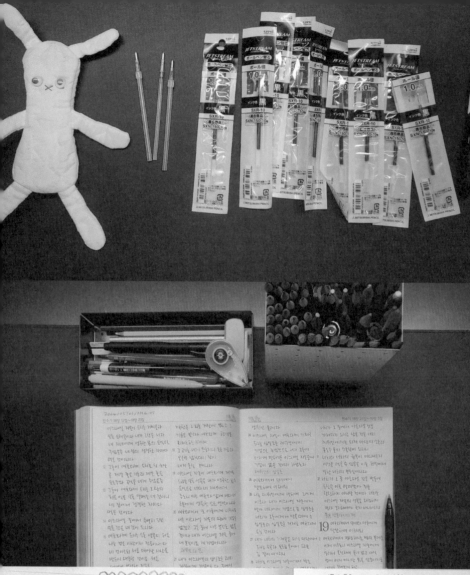

시편 「5월의 말씀 묵상」 순전한 나드
P salter

| 월 | 화 | 수 | 목 | 금 | 토 |
|---|---|---|---|---|---|
|  |  | 1 | 2 | 3 | 4 |
|  |  | 77:1~9 | 10~20 | 78:1~11 | 12~29 |
| 5 | 6 | 7 | 8 | 9 | 10 |
|  | 78:30~42 | 43~53 | 78:54~72 | 79 | 80 |
| 11 | 12 | 13 | 14 | 15 | 16 |
| 81 |  | 82 | 83 | 84 | 85 |
| 17 | 18 | 19 | 20 | 21 | 22 |
| 86 | 87 |  | 88 | 89:1~18 | 19~37 |
| 23 | 24 | 25 | 26 | 27 | 28 |

시편 77:1~9 아삽의 시

오늘 거룩 주님께 부르짖습니다.
부르짖으면 내게 귀를 기울이십니다 (1)
그런데 주님이 침묵하신두 명합니다.
내가 고난중에 주님을 찾습니다.
밤새도록 지치지 않고 손을 뻗지만 내맘
거절당합니다-(2)
그래서 제가 묵상합니다. 그리고 불안합니다.
잠이 안오고 괴롭고 말한수오 없습니다.(4)
옛날 오래전인도 생각해 봅니다. 주님라
주님께 부르던 찬양을 기억해 봅니다
주께서 영원히 버리실까, 다시는 은혜를
그의 인자하심은 끝났는가, 그의 약속하심은

## 난 행복하게
## 살기로 했어요


2014년 추운 가을,

난 딸과 함께였어요.

그 추위를 뚫고 해변을 달렸죠.

슬픈 내 얼굴 보여 주기도 싫은데

동주가 그래요.

"엄마! 사진 찍어 줘?"


해변 가는 길 꽃집에서

작약을 한 묶음 샀는데,

그걸 들고 사진을 찍었어요.

이혼하고 죽을 것 같고

죽고 싶었지만

죽지 않았다는 게

놀라운 일이에요.


아니, 그날 나는 죽었어요.

그리고 다시 부활했어요.

모든 걸 잃은 것 같지만

잃지 않았어요.

지금 멀쩡히
웃고 있잖아요!

죽고 싶다는 생각을 하나요?
그냥 이 모든 일이
우습기 짝이 없다고 생각해 봐요.
그리고 더 멋지게 살기로 해요.

오늘도 난 딸과 있어요.
이 시간이 너무 행복해요.

참 인간은 간사하기도 하죠.
한때는 내 삶이
하찮게만 보였고,
행복이란 나와 상관 없는
말 같았어요.

그런데 지금은 내 입에서
행복이라는 말이 나오잖아요.

난 이 행복을
즐기기로 했어요.

# 사형 선고를
# 받은 줄 알았어요

믿음이 흔들릴 때,
힘들 때마다 기도원에 올라갔어요.
2014년 11월에도 이혼을 앞두고
기도원을 찾았어요.
핸드폰은 꺼 버렸어요.

11월인데도 한겨울처럼 추웠어요.
털모자를 푹 눌러쓰고 이불 속에서
바들바들 떨던 기억이 나요.
얼음장 같은 찬물로
간단히 양치와 세수를 했어요.
기도원 밥이 어찌나 맛있던지
'뚝딱' 먹었어요.
맛있는 반찬도 없이
국수 한 그릇 먹었을 뿐인데
뭐가 그리 맛있었을까요.

기도원에 온 첫날

감기에 걸렸어요.

온몸 쑤시는 신경통과 두통, 목감기까지

겹쳤죠. 비상약으로 가져온

진통제와 감기약을 먹었어요.

할 수 있는 건 오직

주님을 찾는 일뿐이었어요.


한숨도 못 자고 날밤을 새웠어요.

사실 불면증이 있었거든요.

밤 12시부터 새벽 내내 예배가 계속되니,

애써 잠을 청할 필요도 없었어요.

목청이 떠나갈 듯 기도하고 찬양했어요.


이혼 과정이 많이 힘들었어요.

몸과 마음이 모두 피폐해 있었어요.

만신창이가 되어서 기도원에 올라 혼자 자려니

참 기가 막히고 눈물만 나왔어요.

온갖 생각으로 기도가 나오지 않았어요.

내 생각을 버리고, 또 버리고,

힘이 빠지길 기다렸어요.

이튿 날,

서서히 죄의 허물이 벗겨진 것처럼

힘이 나기 시작했어요.

기도원 올라올 때는 숨 쉬는 것조차 힘들었는데.

점점 정신이 맑아졌어요.

기도가 다시 회복되었어요.

점점 기도가 나왔어요.

성경 말씀이 떠올랐어요.


예수께서 아시고 그들에게 이르시되 너희가 어찌하여 이
여자를 괴롭게 하느냐 그가 내게 좋은 일을 하였느니라
| 마태복음 26:10 |


당시 나는 몸과 마음이 병들어 있었어요.

진흙탕 부부싸움으로 이혼 법정에 섰고,

망신의 자리에 서느라 많이 지쳐 있었어요.

그런데 주님이 그런 나를

위로해 주시는 것만 같았어요.


사실 이혼 법정에서

나는 사형선고를 받았다고 생각했어요.

태어난 것을 처음으로 후회했어요.

하나님 앞에 회개했어요.

납작 엎드려서 용서를 구했어요.


하나님을 의지하니 마음이 점점 평안해졌어요.

생각이 바뀌기 시작했어요.


'육신의 병이 들었다고, 조금 아프다고,

환경이 힘들다고, 불행이라 말할 수 없다.

삶이 참혹하다고 말하면 안 된다.'


하나님은 결국 나를 고치시고

위험한 지경에서 건져 주셨어요.

주님이 나를 보살펴 주셨어요.

안전한 길, 하나님과 동행하는 길을 선택하고

기도원에서 내려왔어요.

# 상처가 오히려
# 훈장이 되었음을

고모는 동네에서
영화배우 엘리자베스 테일러라고 불렸대요.
친척들이 내가 고모를
많이 닮았다고 하더라고요.
작은 체형으로 얼굴도 작고, 예민한 성격까지
고모를 닮았다고요.

반면 외가 쪽은 키가 장대같이 컸어요.
털털하고 통 큰 외가와는
비슷한 점이 거의 없어요.
아무래도 친가 쪽을 많이 닮은 것 같아요.
그런데 아픈 후 외가 쪽도 닮아 가는 것 같아요.
아픈 중에도 먹성이 좋고 털털해지고,
예전처럼 예민하게 굴지도 않아요.
점점 넉넉한 아줌마가 되어 가고 있어요.

사실 아버지에 대한 기억이 별로 없어요.

진한 눈썹과 쌍꺼풀, 두툼한 입술.

외모만 놓고 보면 외국인 같은 느낌이 있어요.

레코드사에 다니던 친척 덕에

우리 집에는 없는 살림에도

음악과 관련된 것들이 제법 많았어요.

축음기며 릴 테이프, 도넛판 같은 것들요.

지금은 골동품 가게에나 가야

볼 수 있는 것들요.

미닫이 찬장처럼 생긴 전축 문을 열고

음악을 틀던 아버지와

그 앞에서 춤을 추던 내가 어렴풋이 기억나요.


아버지는 지금 표현으로 '몸짱'이셨어요.

가슴 근육이 짱짱했어요.

내가 팔뚝에 매달리면

빙글빙글 돌면서 놀아 주셨는데,

어지러운 기분이 생소해

깔깔대며 웃던 기억이 나요.

그게 아버지에 대한 내 기억의 전부예요.

아버지는 심장마비로 31세 젊은 나이에

갑자기 돌아가셨어요.

아버지와 나는 함께한 시간이 너무 짧았어요.
아버지의 부재는 정신적 결핍으로 다가왔어요.
충분히 사랑받지 못한
유년 시절에 대한 아쉬움이
내 삶을 지배했어요.
그래서인지 처음 신앙생활을 할 때
하나님 아버지의 사랑이
잘 느껴지지 않았던 것 같아요.
그땐 참 어색한 하나님 아버지였어요.

나는 어떻게든 내 아이들에게
아버지의 부재에서 오는
불안감이나 두려움, 외로움을
물려주기 싫었던 것 같아요.
버티고, 버티고, 또 버텼던 나의 결혼생활.
그러나 이제는 알아요. 지나온 상처가
지금의 나를 견고하게 지켜 준다는 사실을.

그리고 그 상처가 남긴 흉터가
오히려 훈장이 돼 있다는 것을 말이에요.

오늘도 하나님 아버지는
"사랑한다 정희야" 하고 나를 부르세요.
아버지의 사랑과 은혜로
충만한 하루가 되기를 기도해요.

## 그래도 우리는
## 살고 싶잖아요

어떤 사람들은 내게
"넌 이제 끝났어"라고 말합니다.
나 역시 내 인생은 끝났다고
생각한 적이 있었어요.


하지만 끝난 뒤에도 삶은 계속되더라고요.
끝난 뒤에도 분명 시작이 있더라고요.
물론 모든 순간이 성공은 아니죠.
잘못한 일도 많고, 실패도 있어요.
인생이 두려울 때도 있어요.
그래도 누구나 살고 싶지 않나요?


앞으로 얼마가 될지 모르지만,
난 살고 싶습니다.
아주 잘.
매 순간 감사하면서요.

절대 다시 시작할 수 없다는 사람들에게,
절대 다시 일어설 수 없다는 사람들에게,
내 삶이 망가졌다고 생각하는 사람들에게,
꿈을 가진 바보들에게,
다시 시작하고 싶은 모든 분에게,
제 글이 조금이나마 보탬이 될 수 있다면
가장 큰 기쁨일 것 같습니다.

응원해 주시는 모든 분께
진심으로 감사드립니다.

# 날개는 잘렸지만
# 자유를 얻었으니

운전을 하다가 차가 막히면 울컥하고
답답할 때가 있어요. 차에 날개가 있어
훨훨 날아갔으면 하는 상상도 해 봐요.
성경 시편을 보면 다윗도 힘들 때
비둘기를 보면서 내게도 날개가 있다면
날아가 편히 쉬고 싶다고 노래했더라고요.
오죽 힘들면 그랬을까 싶어 공감이 돼요.

인생을 살다 보면 힘들고 아픈 일이 많아요.
그럴 때 크리스천들은 기도의 자리로 가요.
기도를 통해 아픔이 사라진다 믿기 때문이에요.
나도 그렇게 생각해요. 내가 하나님 앞에서
사랑과 용서를 구해야지 그렇지 않으면
미워하는 마음이 걷잡을 수 없이 커져요.

"세상은 여자를 부엌이나 침실에 가두어 왔으면서,
그 시야가 좁다고 나무란다. 날개를 잘라 버리고 날아가

54

라고 한다. 만일 여자에게 미래를 열어 준다면 그녀는
현재 속에 들어가 있지는 않을 것이다."

프랑스의 작가이자 철학자인
시몬느 드 보부아르(Simone de Beauvoir)가
한 말이이에요. 이 말이 떠오를 때마다
내 인생을 두고 한 말 같다고 생각해요.
날개가 잘린 줄도, 아니, 있었는지도 모른 채
집 안에 스스로 갇혀 살았어요.

이혼 후 잘린 날개가 보였어요. 그동안
날개 없는 내 몸을 살펴볼 겨를이 없었어요.
무엇보다 건강을 돌보지 않았어요.
건강검진도 잘 받지 않았어요.
그러다가 유방암이 찾아왔어요.
조금 더 건강할 때 운동도 하고 몸을 돌볼 걸.
그 세월을 그냥 보냈던 거예요.

요새는 암 치료에 좋다는 여러 운동을 시도하고
있어요. 걷기와 수영, 자전거 타기 등….
산에도 오르고 있어요.

날개가 없어 비둘기처럼 날아오르지는 못하지만
가까운 도봉산, 청계산, 아차산,
하남시 검단산, 용마산을 다녀왔어요.
친구들과 경남 합천군 가야산 정상도 올랐어요.
100대 명산을 찍어 보리라 욕심도 부려 봐요.

산행은 힘들어요. 가파르게 올라가다 보면
숨을 몰아쉬게 돼요. 그렇지만 힘들다고
포기하지 않아요. '조금만 더, 조금만 더' 하면서
스틱을 찍고 무거운 다리를 옮겨요.

코끝에 살랑대는 맑은 공기가 좋아요.
정상에 오르면 그야말로 절경이 펼쳐져요.
마치 내가 새라도 된 것 같은 기분이 돼요.

비록 날개는 없지만요.

산에 오르면 그만인데 날개가 뭐 필요하겠어요.

정상에 오르면 널찍한 돌을 찾아

작은 방석을 깔고 앉아요. 크게 심호흡하며 숨을

골라요. 집에서 싸 온 사과랑

등산로에서 산 옥수수도 꺼내 먹어요.

텀블러에 담아 온 시원한 커피 맛이 그만이에요.

산새나 비둘기에게 간식 부스러기를

나눠 주기도 해요.

어떻게 알았는지 새들이 주변에 몰려들어요.

행복한 순간이에요.


점점 건강해지고 있어요.

건강한 모습으로 독자와 만나고 싶어요.

# 언젠간 진심이
# 통할 거예요

내게 장점이 있다면 그것은
꾸준함, 성실함이에요.
나를 지켜봐 주신 분들이 있다면
발견하셨을 거예요.
내가 항상 강조하는 것들. 늘 하던 대로
같은 시간, 같은 자리에 있는 것.
반복하여 습관으로 만드는 것.

어떤 분이 이런 말을 해 주셨어요.
그동안 나를 오해했다고,
별로 좋아하지 않았다고요.
그런데 지금은 서정희가
어떤 사람인 줄 알았다고요.
좋은 사람인 것 같다고요.

모든 사람에게 감동을 줄 수는 없잖아요.
독립운동가 도산 안창호 선생이 그랬다고 해요.

큰일이든 작은 일이든

당신이 하는 일을 정성껏 하라고요.

정말 그래요.

큰일이든 작은 일이든 같은 시간, 같은 자리에서

늘 하던 대로, 정성껏 임한다면

언젠가는 진심이 통할 거라고 생각해요.


삶의 내리막길의 순간,

슬픔과 괴로움을 안고 등산을 한 적이 있어요.

산은 뭐니 뭐니 해도 정상에 올라야죠.

그래야 잘 다녀왔다고 말할 수 있죠.

그런데 등산 초보였던 내게

정상까지 가는 과정이

얼마나 힘들었는지 몰라요.

포기하고 싶었어요.


'이게 무슨 짓이지?

이걸 한다고 뭐가 달라지나?

이미 병에 걸렸는데, 이제야 산에 온들

무슨 소용이지?

이대로 살다 죽어야지!'

별의별 생각에 짜증도 났지요.


가파른 산을 올라 보면
그 길이 얼마나 숨차고 벅찬지 알 거예요.
입에서 단내가 날 정도예요.
그렇지만 포기하지 않았어요.
나의 성실함으로, 묵묵히 걷기 시작했어요.
"곧 도착할 거야."
내게 말했죠.
한 걸음씩 정성껏 걸었어요.


그렇게 오르고 올라 정상에 도달했어요.
인증사진도 찍었어요.
그리고 잠깐의 휴식도 즐겼어요.
그러다 보니 이런 생각이 들더라고요.


'이걸 못 보고 죽었더라면
두고두고 후회했겠네.'

# 이게 행복이 아니면
# 뭐겠어요

산을 오를 때
'이걸 언제 오르지?'라는 생각만 하면
얼마나 지겨워요?
발밑에서 바스락거리는 오그라든 낙엽,
미끄러지는 흙,
코끝을 간지럽게도, 시리게도 하는 상쾌한 바람.
그런 것들을 하나하나 누리면서 오르는 게
더 좋지 않을까요?

아무리 문질러도 따뜻해질 기색도 없는 손으로
폴대를 폈다 접었다 하며
수도 없는 계단을 올랐어요.
마침내 만난 벤치에서
집에서부터 싸 온 사과를 꺼내 먹고
레몬 물도 마시고
향이 다 날아간 커피도 마시고
콧물을 닦는 순간 입에서

"아- 행복하다" 하는 소리가 나오더라고요.

참 신기하죠?

비둘기에게도 간식을 나눠주며

동행한 친구와 어린아이처럼 웃어대고 나니

행복이 뭐 별건가 싶어지네요.


오늘 느낀 행복의 순간을 기억하고 싶어요.

산 위에서 내려다 보이는 풍경들.

보이는 거라고는 아파트와 빽빽한 도시뿐인데도

얼마나 행복한지요.


사는 게 별것 아니에요.

아등바등할 필요가 뭐 있어요.

풍비박산 난 삶이었지만,

지나고 나니 사랑하는 친구와

행복을 나눌 수 있잖아요.

가족이 여전히 내 곁에서 힘이 되어 주잖아요.

더 바라면 욕심이죠.


그러고 보면 인생에는 항상

좋은 일과 나쁜 일이 찾아와요.

그때는 끔찍한 일인 것 같지만, 시간이 흐르면
그것도 감사한 순간이 되고요.
아이들이 가끔 엄마는 그냥 지금처럼
옆에 있어 주고 견디기만 해 달라고 해요.
나중에 나를 책임진다나요.
이런 자식이 있어 행복하네요.


눈앞에 없는 것, 지나온 일,
남이 가진 것 보면서 슬퍼할 시간에
지금 내 앞에 있는 것을 보면서
행복을 찾아 봐야겠어요.
아주 작은 일들이라도 얼마든지 나를 행복하게
해 줄 수 있다는 진리를 깨닫고 있어요.


지금,
이것이 행복이 아니고
뭐겠어요?

# 내겐 너무
# 귀하게 보이는데

어둠 속에 있을 때는 어둠을 몰라요.

빛으로 나오면 어둠이 보이는데 말이죠.


어느 때는

너무 옆에 있어서 귀한 줄 모르기도 해요.

살랑거리는 바람이 기분 좋게 불어오는데도

그 바람을 눈치채지 못할 때가 있는 것처럼요.


안성의 한 교회, 오래되고 빛바랜 마루,

그곳의 의자, 버려진 물건들, 여기서는

애물단지지만 내겐 너무 귀하게 보였어요.

이것들을 가져오고 싶었어요.

그런데 그러지 못했어요.

며칠 계속 눈앞에 아른거리네요.


내게는 나를 사랑해 주는 많은 사람이 있어요.

그분들 소중한 줄 모르다가

나중에야 알아차리게 됐어요.
살랑거리며 한결같이 내게 불어 주는,
너무 가까이 있어 몰랐던,
소중한 바람처럼.
오랜 시간 너무 익숙해서
소중한 줄 몰랐던 의자처럼.

그렇게 인생도, 세상도
작은 고난과 풍파와 병과 싸우면서
나는 알아 가는 중이에요.
아직 멀었지만요.

## ②

그저 감사할 뿐
무슨 할 말이 있겠어요

# 주님의 손가락을
# 따라가 보면

방의 창 너머, 집의 창 너머
책상 너머 아름답고 작은 나무들을 기억해요.
아래에서 위로 높이 보이는 유리 난간
파란 하늘 아래로 길게 늘어트린
넝쿨들을 기억해요.


주님 가리키신 손가락을 따라가 보면
하나님이 보호해 주시는 새도 보이고,
아름다운 꽃도 보여요.


하늘 아래 무엇이든
하나님의 보호 없이 살아 있는 것이 있을까요?
하나님의 보호가 필요 없는 생명이 있을까요?


주님 가리키신 손가락을 따라가 보면
때마다 나를 보호해 주셨던
하나님의 은혜가 보여요.

# 당연한 게
# 당연하지 않았던 그때

아침 먹고 엄마랑

늘 다니던 사우나에 다녀왔어요.

비누질을 하는데 오른쪽 가슴 위쪽에

10센티미터 정도 되는, 넓고 딱딱한 돌덩이 같은

것이 만져지더라고요.

엄마에게도 만져 보라고 했어요.

엄마가 깜짝 놀라면서,

빨리 병원부터 예약하라고 하셨어요.

그러고 보니 3년 전 검진 후

병원을 한 번도 안 갔네요.

사실 그냥저냥 살다 죽으려 했던 것 같아요.

어깨가 뻐근하고, 등도 아프고, 목도 쑤시는데,

자고 일어나면 낫겠거니,

마사지 받으면 낫겠거니 대수롭지 않게 여겼죠.


그런데, 결국 유방암이었네요.

하룻밤 사이에 암 환자가 되어 있었어요.

오른쪽 가슴 전절제 수술을 했어요.
순식간의 일이었어요.
피 주머니를 차고 앉았다가 일어나는 일이
쉽지 않더라고요.

혼자 할 수 있는 일이 아무것도 없었어요.
차라리 죽었으면 좋으련만
난 왜 이리 기구한지
하나님께 묻고 싶었지만
기도가 나오지 않았어요.

그동안 몸은 수없이 경고를 보냈어요.
늘 목도 결리고 손목도 아프고,
어깨도 등도 온몸이 편치 않았어요.
그렇다고 이렇게 기습적으로
나를 공격할 줄이야.
예상조차 못 했던 일이라
어쩔 줄 몰라 쩔쩔 매며 시간이 지났네요.

수술 후에 항암 치료가 이어지면서
예민한 내 감수성은 빛을 잃어 갔어요.

머리카락은 다 빠졌고,

피부도 손톱도 검게 변했죠.

이런 내 모습을 마주하고 있으려니,

한때의 빛나던 재능도 미모도 다 소용없구나

서글픈 마음이 들더라고요.


아프면서 지금 내가 가장 원하는 것이

무엇일까 생각해 봤어요.

혼자서 일어나 새벽기도 가고, 주일에 교회 가고,

좋아하는 사람들, 가족과 웃으며 이야기하고,

함께 식사하고, 산책하는, 아주 사소한

일이더라고요. 너무 당연하게 여겼던

걷는 일조차 할 수가 없으니 말이에요.

그 무렵 언론에서

공식 사망 소식까지 전해졌어요.

아무래도 오래 살 모양이다 생각했어요.


기가 막힌 항암 치료와 부작용,

외부 반응들을 한꺼번에 겪으면서

깨달은 게 있어요.

남 일이라 여기던 일들이

내게도 일어날 수 있다는 것을.

보험 하나쯤은 들어 뒀어야 했단 것을.

나처럼 당장 내일 무슨 일이 일어날지도 모른 채

멍청하게 살면 안 된다 목청껏 말해 주고 싶어요.


유방암 초기임에도 전절제 수술을 했어요.

지금도 난 없어진 내 가슴이

도저히 이해가 되지 않아요.

절제하지 않고 남겨 둔 가슴을 보면서

양쪽 다 없애 버릴 걸, 하는 생각도 들어요.

이제는 필요도 없는 걸.


이번에 또 배운 것이 있어요.

건강하면 다 가진 거예요.

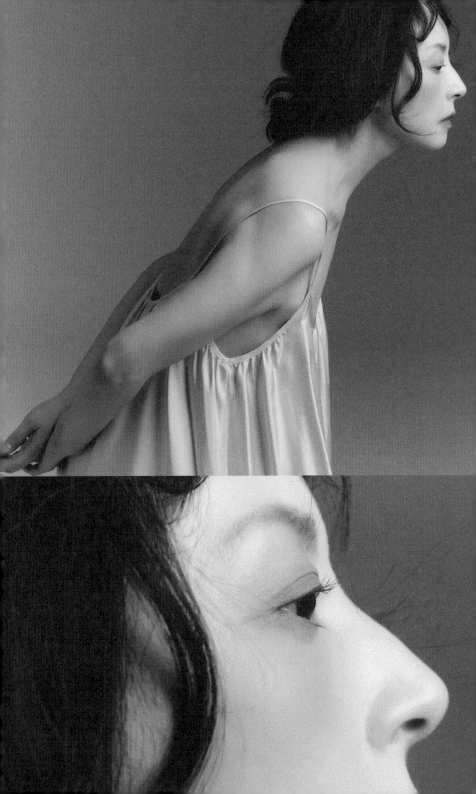

# 나와 함께
# 동산을 거닐어 주세요

"이 세상의 광야를 걷다가,
나는 우연히 동굴이 있는 곳을 만났다.
나는 거기 누워 잠을 잤는데 자면서 꿈을 꾸었다."

존 번연의 《천로역정》 첫머리죠.
나는 《천로역정》을 너무 좋아해요.
아이들을 키울 때도 《천로역정》 이야기를 그림
으로 그려 쉽게 이야기해 주었던 기억이 나요.
지금도 해마다 새로운 버전으로 출간되는 책을
사서 다시 읽고 있어요.
성경 다음으로 내가 계속 읽는 책이
바로 《천로역정》이에요.

유방암 수술하는 날
마취를 하면서 나는 깊은 잠을 자기로 했어요.
그리고 존 번연의 꿈을 나도 꾸기로 했지요.
"난 서정희의 천로역정을 쓰기로 결정했다.

나는 이제 깊은 잠을 자겠지만,
곧 꿈에서 깨어날 것이다"라고요.

또 하나 생각난 것이
"저 장미꽃 위에 이슬"이란 찬송이었어요.
내가 늘 흥얼거리는 찬송이거든요.
주님과 동산을 걷기로 했어요.
나에게 들려주시는 청아한
주님의 음성을 생각했어요.
내가 주님과 나눈 기쁨을 알 사람이 없지요.
나와 주님의 밤 깊도록 나누는 기쁨을요.

오늘 나는 죽음보다 강한 주님과
사랑을 하리라 다짐했어요.
그리고 기도했어요.

"주님 내 손을 잡아 주세요.
깊은 잠이 와요.
나와 함께 동산을 거닐어 주세요."

# 아무도 내 생명을
# 빼앗지 못해요

암과 전쟁을 치렀어요.

암세포들이 나를 죽이려 24시간 저격해요.

쉬지도 않네요. 구석구석 틈을 노리며 침투해요.


그사이 수많은 생각도 나를 찔러요.

아프고, 고통스럽고,

나는 또 참고, 버텨요.

몸은 퉁퉁 붓고,

깊이를 알 수 없는 나락까지 떨어지고,

암은 높이를 알 수 없는 상상 불가능한 높이까지

나를 끌고 올라가 그냥 바닥에

'툭' 하고 던져 버리는 것 같아요.

나는 그대로 떨어질 수밖에요.

온몸이 형체를 알아볼 수 없을 거란

생각만 가득해요.

그 고통을 고스란히 감수해야만 해요.

그럼에도 나는 살아 있어요.

살려고 발버둥쳐요.


죽음과의 사투에서 떠오른 시가 있어요.
나를 공격하는, 죽을 것 같은 고통이 올 때마다
이상하리만치 이 시가 떠오르곤 했어요.


"당신은 말로 나를 저격할 수 있다.
당신은 눈으로 나를 벨 수 있다.
당신은 증오로 나를 죽일 수도 있다.
그래도 공기처럼 나는 일어설 것이다."
_ 마야 안젤루(Maya Angelou)


나도 결심해요.
"공기처럼 나는 일어설 것이다."
"공기처럼 나는 날아갈 것이다."
아무도 내 생명을 빼앗아 갈 수 없어요.


내 생명의 주권은
하나님께 있으니.

# 그래도 용케 이겨 냈어요

항암 치료를 하고 나면
정말이지 물조차 삼킬 수가 없어요.
입속은 그야말로 콘크리트 바닥이에요.
마른 논바닥이죠. 원래 물을 잘 안 먹기도 하고,
물을 약이라 생각하면 더 구역질이 났어요.

이해인 수녀의 "새로운 맛"이라는
제목의 시를 노트에 옮겨 적으면서
얼마나 많은 눈물을 흘렸는지 몰라요.
물 한 모금도 제대로 삼키지 못하는
그분의 고통이 나의 고통이었기 때문이에요.

이해인 수녀는 물도 음식이라 생각하고
씹어 먹으라던 영양사의 말을 듣고
바람도 햇빛도 공기도 음식이라 여기고
천천히 씹어 먹는 연습을 한다고 해요.
나도 그렇게 해 보지만 쉽지 않아요.
물도 음식이라 생각하며 억지로 넘겼지만

이내 토하고, 다시 넘겼지만 또 토해요.

그러면서 항암을 이겨 냈어요.

바람도 햇빛도 공기도 고맙다 하며 기도했어요.

삼키기 어려운 삶의 순간마다

눈을 질끈 감고 심호흡했어요.


아플 때는 몸에 힘을 빼고

풍선처럼 배를 크게 내밀며 숨을 들이마셨다가

다시 배가 등뼈에 닿을 만큼 내쉬며 심호흡해요.

얼굴이 빨개지도록 후우-.

꿀꺽 참으며 감사함으로 기도해요.


조경란의 《후후후의 숲》이 생각나네요.

번번이 취업 문턱에서 눈물을 삼키는

청년 이야기예요.


기억 나는 건 후- 불어 내는 숨소리.

그 청년은 공원에서 숨을 삼켰다가

후후후 내뱉었어요.

두려울 때, 슬플 때, 겁이 날 때, 긴장될 때.

조경란 작가가 말했어요.

살아 있기를 잘했다고….


나도 이렇게 살아서

사진도 찍고 글도 쓰니


살아 있기를

잘했어요.

# 할머니의 흰 설탕물

밖에 쓰레기를 분리수거하다가
동네 꼬마들과 눈이 마주쳐 집으로 초대했어요.


"마실 거 뭐 줄까?"


시원한 게 먹고 싶다 하네요.
추워서 코를 훌쩍대면서도
초등학생들이라 시원한 게 먹고 싶은가 봐요.
아이들이 연신 집 구경을 해요.
뭘 아는지 고개도 끄떡거리고,
자기들끼리 웃고 좋아라 뛰어다녀요.
그 모습을 보고 있자니
마음이 풍성해지는 기분이에요.


'아, 시원한 게 먹고 싶다 했지?'
냉장고를 열어 보니 자몽주스가 보여요.
귀엽게 컵에다 빨대 하나씩 꽂아 주었어요.
빨대를 쪽쪽대며 웃음이 그치지 않아요.

공 모양 얼음이 신기한지 어떻게 만드냐고
물어보기에 부엌에 데리고 가서
실리콘으로 된 얼음 틀을 꺼내
직접 물을 부어 만드는 걸 보여 줬어요.


"우와-!"


난리가 나요.
핸드폰으로 사진을 찍으니
입을 틀어막고 숨도 안 쉬네요.
괜찮다고 해도 도망가서 숨어요.
순박한 아이들.
"요즘 애들은" 하며 혀를 차는 어른들도 있는데
내 눈엔 천연스럽고 귀엽기만 해요.


또 놀러 오라며 배웅하고 나니
갑자기 외할머니가 떠올라요.


아주 가끔 할머니의 마른 다리를
주물러 드리곤 했어요.
야무진 고사리 손으로 이리저리 꼭꼭 누르며

"할머니 시원해?" 하고 물으면

"그럼, 그럼. 아이고 시원해라" 하셨지요.

유일하게 귀염받는 시간이었어요.

그러고 나면 할머니가

찬물에 흰 설탕을 타 주셨어요.

"아이 맛이쪄."

내 인생에서 정말 행복했던 순간이에요.


항암 치료를 하고 나면 어김없이

고열이 들이닥쳐요.

단 한 시간도 안 쉬고 시달렸던 것 같아요.

몸은 팽창되어 붓고 또 붓고,

먹어야 산다는데 뭘 먹어도 쓰기만 하고,

모래를 씹는 것 같아 입에 넣을 수가 없었어요.


그 와중에 얼음을 깨서

차가운 수박화채를 만들어 계속 먹었어요.

고열 때문인지 입에서 입김이 나왔어요.

수박화채가 어찌나 시원한지.

수박 반 통을 순식간에 먹어 치우곤 했어요.

요즘은 무얼 먹어도

어릴 때 흰 설탕물만 못하고

아플 때 시원한 수박화채만 못하네요.

# 내 딸에게
# 기둥이 되어 주고 싶어요

항암 치료를 하며 머리가 무섭게 빠졌어요.
손으로 머리를 쓸어 넘기면 '스르르' 하고
손가락 사이에 머리카락이 가득 딸려 나오는데
겁이 덜컥 났어요. 결국 머리를 밀기로 했어요.


머리를 밀기 전날
딸 동주가 예쁘게(?) 사진을 찍어 줬어요.
"머리를 잘라도 엄마는 예뻐"라는
딸의 말이 얼마나 위로가 되던지요.


사랑하는 나의 딸, 고마운 나의 딸,
동주는 나와 많이 달라요.
무심한 성격이 가끔은 답답하고
조바심도 났지만, 결과적으로는
아주 잘 자라 주었어요.


동주도 나와 비슷한 시기에

인생의 어려움을 겪었는데,

그래서인지 우리는 어느 모녀보다

서로를 잘 이해하게 된 것 같아요.


이혼 직후 동주가 많은 도움을 줬어요.

먼저는 내게 용기를 줬죠.

그동안 너무 작은 세계에 머물렀으니

이제 다른 방식으로 살아 보라면서

내 홀로서기를 도와줬어요.

어릴 때부터 미국 유학 생활을 한 딸이

오랜만에 한국에 돌아와 함께 있어 주니

인생의 좋은 뉴스와 나쁜 뉴스는

종이 한 장 차이인 것 같다는 생각이 들었어요.

"엄마, 내가 잘할게. 건강하기만 해."

따뜻한 딸의 말에 내려놨던 희망을 다시

등에 업고 거친 인생길을 걸을 힘이 생겼어요.


물론 내게 제일 큰 힘과

용기를 주는 분은 하나님이에요.

하나님을 믿지 않는 사람들은 무슨 힘으로

이 거친 세상을 살아가는 걸까 궁금할 정도로요.

만약 하나님이 아니었으면 나는 작은 바람에도
흔들렸을 거예요.


이 세상에서는 동주가,
영적으로는 하나님이
더 이상 나를 추락하지 않도록
꽉 잡아 주고 있어요.


수술이 끝나고 마취에서 깨어났을 때,
눈을 떠 보니 동주가 앞에 와 있었어요.


내 든든한 기둥, 사랑하는 딸.
나도 동주에게 그런 기둥일까요?


지금까지 그렇지 못했다면 앞으로라도
주님과 함께 나도 동주에게 기둥이 되고 싶어요.

## 그저 감사할 뿐
## 무슨 할 말이 있겠어요

항암 4차를 무사히 마치고
표적 치료가 시작됐어요.
깊은 안도의 숨이 쉬어졌어요.
표적 치료는 부작용이
없는 줄 알았는데, 아니었어요.
뻐근함과 근육통 나른함과 구토
그리고 울렁거림이
시작되었어요.

유방암 진단을 받은 후 씩씩한 척은 했지만,
한동안 속으로 완전 풀이 죽어 있었어요.
왜 서정희에게는 계속 힘든 일이 많냐고
사람들이 내 고난을 들먹였거든요.
나도 해석이 안 되는 걸 보면
묻는 그들 마음도 이해는 해요.
병 걸린 내가 오히려 미안할 뿐이죠.

눈물이 기도처럼 계속 흘러내렸어요.

주님께 계속 묻고 싶었어요.

"하나님, 왜 할 말이 없게 만드세요!"


어쨌든 고통의 시즌1은 지나갔어요.

지금은 다 감사할 뿐이에요.

앞으로 5년 동안

처방해 주는 약을 잘 먹고 버텨야 해요.

그런데 최근 며칠, 비가 오락가락한 뒤

담이 오기 시작했어요.

바늘로, 칼로, 송곳으로 도려내는 듯한

아픔이 연속으로 와요.

가슴 밑에서 겨드랑이를 시작으로

이제는 허벅지까지 통증이 내려왔어요.


몸이 아플수록 나는 더 외로워져요.

고통이 지독하게 몰려오는 거죠.

이럴 때는 기도밖에, 찬양밖에

할 수 있는 게 없어요.


새벽 하늘이 제법 밝네요.

오늘도 기도로 새벽을 열었어요.
이렇게 씩씩하게 견딜 작정이에요.


"살게 해 주세요." 작게 소리 내어 봐요.
기도가 나오지 않을 때도
무시로 이렇게 기도해요.
오늘도 주님께 강청드려요.
"살게 해 주세요."


이제는 꽃처럼 활짝 웃어야지요.
슬플 땐 가장 슬프게 울어야지요.
그리고 생명을 구하는
원초적인 기도를 할 거예요.
하나님의 뜻을 구할 거예요.
나의 부르신 자리 주어진 길에 순종하며,
경건하게 살며,
죽은 자의 자세로 기도할 거예요.


"살게 해 주세요."
창밖의 빗방울을 보며,
오늘도 침대에 누워 기도했어요.

# 이제 여행 갈
# 준비를 해야죠


항암을 하고 나면

입덧처럼 24시간 속이 울렁거려요.

바늘로 온몸을 찌르는 듯한 신경통과

망치로 때리는 근육통.

3주에 한 번씩 돌아오는 항암 사이클.

회복기를 맞을 때 "살았다!" 좋아하는 것도 잠시

다시 반복되는 고열과 씨름하며

피로감에 시달렸던 시간들.


환자로 변해 가는 게 싫어 누구보다 잘 먹고,

억지로 누워 있지 않고 더 잘 걸어 다녔어요.

어느 때보다 많이 웃었던 지난 몇 개월이었어요.

내 외모는 중요하지 않아요.

그러고 보면 나는

좀 독특하게 반응한 것들이 있었어요.

의사 선생님도 신기하다고 했으니까요.

항암 하고 오면 도너츠처럼, 부황 뜬 것처럼

피부 곳곳이 붉게 부어올랐어요.

매번 다른 부위예요.

온갖 약을 한 움큼 먹으니 림프 지나가는

팔다리가 코끼리 다리처럼 부었어요.

내 몸이 하마 같았어요.


고열이 꼬박 3일, 이러다 죽는구나 했어요.

한숨도 못 자고 젖은 찬 수건을 이불처럼 덮고

에어컨을 켜고 열을 식혔어요.

그러면서도 춥다고 덜덜 떨며

열이 내리길 기도했어요.

머리는 망치로 때려 맞은 것처럼 아프고

입에서는 숨 쉴 때마다 불이 나가는 줄 알았어요.


그래도 살아야 하니까,

내 머릿속은 어떻게든 잘 먹어야지

그 생각뿐이었어요.


비몽사몽 중에 동주가 하는 말이 들려요.

"엄마, 빨리 이기고 여행 가야지."

나는 고개만 끄덕끄덕했어요.

고열과 싸우며 주님 다음으로
많이 생각한 것이 여행이었어요.
여행 갔을 때를 추억하면서
'얼른 나아서 또 가야지!' 하다가도
조금 안 있어 '갈 수 있을까?' 했어요.

시끄럽고 요란한 것 같지만
항암은 어쩔 수 없어요. 피할 수가 없어요.
고스란히 겪어야 해요. 군대 같아요.
들어가면 내 마음대로 나올 수가 없어요.
아무리 비보험 좋은 약을 써도
항암 부작용을 피할 수가 없어요.
대가를 꼭 지불해야 해요.
내 몸속에 독약과도 같은 항암 약을 부으니
좋은 세포, 나쁜 암세포 구분 없이
모두 죽어 나가는 그것을 막을 수 없어요.

우리 삶도 피할 수 없는 것들이 너무 많아요.
대가 지불이 꼭 필요해요.
그래요. 피하지 않을래요. 무엇이든요.
내 입에서 감사의 찬송이 나왔어요.

이제 여행 갈 준비를 해야죠.

옷도 많이 가져가서 사진도 많이 찍을래요.


지난 여행 사진을 보며

선글라스, 모자, 슬리퍼, 수영복…

중얼거리다 잠이 들었어요.

# 주님의 보호만
# 구하겠습니다

샤탄이 날뛰어도 소용없습니다.
아무 힘도 발휘하지 못할 것이며,
폭풍이 몰아쳐도
아무것도 부수지 못할 것입니다.


주님의 보호를 받는 우리 영혼은 온갖 나무와
향기로운 꽃과 나비와 벌들이 가득한
동산 같으며,
떠들썩한 도시, 시끄러운 세상 한가운데서도
시원하게 물을 내뿜는 분수와도 같습니다.


주님의 보호만 구하겠습니다.
고요하고 잠잠하겠습니다.
향내를 들이마시고
아름다움을 분수처럼 발산하는
인생이 되겠습니다.
건강해지길 기도하겠습니다.

다시 일어서겠습니다.
암보다 내가 더 센 듯합니다.
난 멋지게 이를 악물고
이겨 내겠습니다.

# 오늘 주님이
# 회복해 주십니다

주님의 어린양으로, 거룩한 신부로
몸단장하고 주님께 나아갑니다.


아픔 없는 사람이 어딨겠어요.
오늘 아침에도 여전히 아픔은 닥쳐 오고,
어둠으로 곤두박질하며,
절망의 시간이 계속되는 것을 압니다.
한 짐 이삿짐을 들고라도 나아가야 합니다.
쓰나미처럼 싹 쓸어 버려지는 섭섭함을 안고
오늘을 맞이할 수도 있습니다.
주님이 그런 우리를 위로하고
회복해 주십니다.


주일은 예배로 하나님께 나아가는 날입니다.
신랑을 맞이하듯 단정하게 준비하고
주님께 나아갑시다.
어서 서둘러 주님께 나아갑시다!

③

꽃이 지고 나면
잎이 보이듯이

# 이제 엄마의 인생을
# 살기 바라

딸 동주가 그래요.


"엄마, 이제 엄마의 인생을 살기 바라.

남이 아니라, 남을 위해 희생하는 삶이 아니라

엄마만의 행복을 찾길 바라.

그만 희생해도 돼.


엄마, 알지?

내가 얼마나 엄마를 사랑하는지.

엄마가 울면, 내 마음도 아파. 찢어지게 아파.


그러니 이젠 혼자 울지 마!

슬픔은 끝났어. 더 이상의 눈물은 없어.

꽃다운 스무 살 때의 엄마처럼 살길 바라.

언제나 상냥하고, 자신감 넘치는 모습으로.


엄마는 어디서나 빛이 나는 사람이야.

엄마는 별이야,

이 세상에 단 하나 뿐인 별!


엄마는 이 세상에서

가장 아름답고 위대한 존재야.

그것 하나만 기억해 줘.

엄마의 행복이 곧 내 행복이라는 걸.

그러니 이제 항상 웃어요."


동주의 웃음소리는 언제나 나를 춤추게 해요.

나도 동주에게 화답해 주려고 해요.


"내가 이 세상에서 제일 잘한 일

한 가지가 동주를 낳은 거야.

사랑해, 동주야!

영원히…."

◀ 유방암으로 가슴 전절제 수술을 앞두고

# 머리카락이 자라기만 해 봐

레코드판에서 흘러나오는
노래를 따라 부르던 작은 꼬마.
엄마 화장품을 몰래 꺼내
입술에 칠하던 작은 꼬마.


세상 물정 모르던 꼬마가
그 숱한 질풍노도를 겪으며
지금에 이르기까지,
하나님은 한순간도
내 인생을 소홀히 여기지도,
뒤로 제쳐두지도 않으셨어요.


그러니 내가 남은 생애를
허투루 살 수 있겠어요?
일분일초를
허투루 넘길 수가 있겠어요?

항암 치료로 머리카락이 다 빠지고
빡빡머리가 됐을 때,
그 민둥산을 쓰다듬으며
중얼거리곤 했어요.

"머리카락이 자라기만 해 봐.
사진을 많이 찍어 둘 거야.
사진도 내 마음대로
찍을 거야!"

# 정희라는 꽃은
# 다시 핍니다

혼자 있는 게 좋았어요.

고요함은 선물 같았어요.

저녁엔 그림을 그렸어요. 책도 시집도 읽고요.

다시 아침이 오면 새벽기도 하고요.

음악도, 그림도, 뭐든 충분히 혼자 즐겼죠.


그런데, 이제 자꾸 나가고 싶어요.

이제는 소통이라는 이름으로

함께하고 싶은 사람들이 생겨요.

언젠가 인터뷰 때 그런 말을 한 적이 있어요.


"나에게도 오랜 팬들이 있다. 나를 있는 그대로

좋아해 주는 팬들이 있다."


정말이에요.

내 데뷔 시절 때 사진이며

오래된 책을 스크랩해

아직까지 간직하고 있어요.

그런 팬들을 만나면 나도 내 팬들의 팬이 돼요.

그들이 내게 해 준 말이 기억나요.


"과거를 너무 그리워도 말고, 너무 슬퍼하지도

마세요. 때가 되면 정희란 꽃은 다시 핍니다.

지금 정희에게도 밀물이 오고 있습니다.

소중한 정희의 인생을 대담하게,

당당하게 시작하세요."


아직 나에게도 기회라는 게 있을 테니

남 눈치 보지 말고 잘 살아 보라는

이 훌륭한 마음을 나에게 전해 준 사랑하는 팬들.

메시지처럼, 정희를 향한 팬들의 노래처럼

내 인생은 이제 시작이에요.

늦지 않았어요.

지금이 꼭 맞는 때예요.

# 계속해서 내 이야기를
# 쓸 거예요

내 오랜 팬들이
그동안 내가 낸 책 일곱 권 모두를
소장하고 있다면서 보여줬어요.
그야말로 찐 팬들이에요.


"왜 이걸 다 모으셨어요?"


부끄럽고 민망한 마음에 나온 말이에요.
생각해 봤어요.
과연 내 책이 소장 가치가 있는가.
아직 나는 서툰 글솜씨 탓에 내놓지 못한
이야기와 마음들이 많아 답답하기만 하거든요.


오늘은 욕조에 따뜻한 물을 담아
목욕을 하는 데 시간을 많이 썼어요.
우리 집 욕실 레트로 타일이
어린 시절 동네 목욕탕을 떠올리게 해요.

욕조 속에 앉아서
미숫가루 한 잔을 타 마셨어요.
물에 민트와 박하 오일도
한 방울씩 떨어뜨렸어요.
수증기로 꽉 차오를 때
입을 크게 벌리고 숨을 크게 쉬어 봐요.
목감기가 몸 밖으로 훅 나가는 것 같네요.
땀이 나기 시작하자 절로 탄성이 나와요.


"아-, 좋다!"


대충 물기를 닦고
옥상으로 올라갔어요.
곳곳에 나무를 심으니 시멘트 가득했던
옥상에도 생기가 가득 돌고 있어요.
이 나무들이 곧 그늘을 만들어 주겠죠.


며칠 전 작은 바람에도
아주 큰 단풍나무가 넘어졌어요.


태풍과 장마가 오기 전 채비를

단단히 해야겠어요.

미세먼지와 황사 탓에 한 치 앞도 안 보이더니

오늘은 불청객 같았던 꽃가루도 보이지 않고

시야가 쾌청하네요.

연인들처럼 봄날의 랑데부를 즐기는 중이에요.


아마도 나는 계속해서

내 이야기를 쓰게 될 것 같아요.

아직은 누가 내 글을 읽어 준다는 사실이

낯간지럽고 부끄럽지만,


계속 쓰다 보면 언젠가

'작가'라는 이름이 더 잘 어울릴 날이

오지 않겠어요?

# 아직 하고 싶은 일이 많습니다

〈국민일보〉'역경의 열매'에
내 글을 연재했어요.
아브라함처럼 갈 바를 모르며 순종했지만
부담감으로 버겁기도 했어요.

막상 시작하자 생각지도 못했던 이야기들이
화수분처럼 쏟아졌어요.
눈을 감고 있으면 계속해서
하고 싶은 이야기들이 툭툭 튀어나왔어요.
독자의 격려와 칭찬, 다독임과 채찍질
모두 큰 위로가 됐어요.

일본 작가 무라카미 하루키는
작가로 살아온 40년 동안 연평균 세 권 이상의
책을 썼다고 해요. 그는 새벽 4시에 일어나
6시간 가까이 글을 쓴대요.
계속되는 반복과 장기간 고독한 작업을

버텨 내는 강인한 인내력을
'소설가의 자격'이라고 말했대요.


맞는 것 같아요.
내 삶 역시 '반복과 인내'였으니까요.
지금껏 살아온 모든 시간이 견디는 것이었고,
고독한 작업을 반복하는 과정이었으니까요.
보통 새벽 4시에 일어나 새벽예배에 다녀와서
아침밥을 먹고, 약 먹고, 묵상하고, 글을 써요.
그때마다 참고 견디는
인내의 증거가 나타나길 기도했어요.


내게 '나중'은 없어요.
나중에 하기로 한 것치고
제대로 마무리한 일이 없어요.


아예 시도를 못 하고 지나치기 일쑤예요.
그래서 무슨 일이든 마음먹으면
바로 행동에 옮겨요.
사실 엄청 게으른 편이고,
미루고 싶은 일투성이지만,

그럴 때마다 하기 싫은 일부터 처리해요.
집에만 있을 때도 직장인이라 생각하고
남들 퇴근 시간까지 일해요.
이 글을 쓰는 것도 근무 중에 하는 일이에요.

하루키는 또 "천재적인 자질이나 명석한 두뇌가
소설을 쓰게 하지는 않는다"고 했다고 해요.
나는 천재도 아니고 명석한 두뇌도 없어요.
늘 같은 일을 반복하는 것뿐이에요.

언젠가 TV 예능 프로그램에서
노래를 부른 적이 있어요.

이때도 가사를 외우려
백 번은 반복해 부른 것 같아요.
쉽게 되는 일은 역시 없는 거예요.

내 나이 이제 예순둘, 적지 않은 나이예요.
누군가는 이미 다 이룬 나이이고,
누군가는 쉬어 가는 나이예요.

그러나 나에게는
아직 하고 싶은 일이 많은 나이예요.
오늘도 반복의 중요성을 잊지 않고
꾸준히 노력하고 있어요.

# 아무것도 안 하면
# 행복도 없을 테니

입원하고 퇴원하고, 또 입원하고 퇴원했어요.

입원할 때마다 뭔가 이상한 나를 발견했어요.

열심히 치료하고 노력하다가도

갑자기 나태해지고 만사가 싫어졌어요.

나가기도 싫어지고,

내 상황을 설명하는 것도 지쳤어요.

잘 참다가도 조급하고 두려워졌어요.


희망에 부풀었다가도

'이렇게 살면 뭘 하나' 하는 생각이 밀려왔어요.

기가 죽어 버렸어요. 슬픔이 몰려왔어요.

절망에 빠지는 일을 또다시

반복하려고 했어요.


그래서 하고 싶은 일을 시작했어요.

건축디자인그룹을 만들었어요.

작게 시작하려 했는데 많은 가족이 생겼어요.

주변에서 많이들 걱정해요.

지금은 하던 사업도 접을 나이라는 거예요.

그렇지만 나는 괜찮아요.

지금 안 하면 10년 후 내게는

어떤 일조차 할애되지 않을 수도 있잖아요.


물론 쉽지는 않겠죠.

알고 있어요. 많이 어려울 거예요.

그걸 모르는 나이는 아니에요.

그렇지만 세상에 어디 쉬운 일이 있던가요.

그렇다고 이 상태로 아무것도 안 하고 병만 묵상

하는 일도 쉽지는 않을 거예요.

거기다 일생 그러고 살아간다면

아무런 행복도 얻을 수 없을 거예요.


그러니 나는 계속해서

좋아하는 일을 할 거예요.

쉽지는 않더라도, 계속하다 보면

잘하는 날이 올 테니까요.

# 뭔가를 이루고 싶다면
# 독해야 해

나는 공사 현장을 좋아해요.

예전에도 지금도 늘 공사 현장에 있어요.

먼지 가득한 이곳에서 쓰레기를 비우거나

먼지가 가라앉게 물을 뿌리거나

봉투를 들고 이리저리 다녀요.


함께해 주는 사람들이 나를 믿고

내 이야기를 듣고

진지하게 공정을 의논해 줘요.

그 시간이 참 좋아요.


나는 공사 현장에서 꿈을 꿔요.

이곳에서 내 안에 드는 생각들을 재해석하고

사진처럼 상상하며 눈을 감고 그려 보는 거예요.

그리고 그 상상을 현실로 풀어내는 거죠.

창의력이 요구되는 과정이에요.

때로는 일이 뜻대로 진행되지 않기도 해요.

자재가 갑자기 단종되거나 바뀌기도 하고,

일정에 차질이 생겨 낙심도 되죠.

그럴 때는 가슴이 철렁 내려앉아요.

혼자 창밖을 보다가도 한숨만 나와요.

쉽게 그 자리를 떠나지 못해요.


그럴 때면 꼭 슈퍼에 들러서

즐겨 먹는 과자 한 봉지와 콜라를 사 와요.

당을 섭취하면서 한숨을 고르고 마음을 비우죠.


일본 작가 마루야마 겐지가 그랬대요.

"뭔가를 이루고 싶다면,

독한 마음을 가져야 한다"고요.

맞아요. 독해야 해요.

나는 건축 일에 도전하면서

독한 마음을 갖기로 했어요.


오늘도 폭염으로 질식할 것 같은 현장에서

미칠 뻔한 위기를 잘 넘겼어요.

# 집은 사계절을 함께
# 보내야 하잖아요

건축은 결혼과 같아요.

디자인할 때마다 사랑하는 사람을 만나듯이

가슴 뛰는 긴장감과 흥분이 공존해요.

때론 좋지만, 때론 부담스럽고

피하고 싶기도 해요.


설계와 공사 기간을 합하면 적어도 1년은 걸려요.

현장과는 거의 매일 만나야 해요.

사람도 매일 보면 정들거든요.

공사 현장도 그래요.

준공 후에도 함께하는 경우가 많지요.

옥에 티처럼 예상치 못한 일들이 일어나거든요.

그래서 하자 보수기간이 있잖아요.


내 몸에도 흉터가 크게 있어요.

농담처럼 말해요. 하자 있는 몸이 되었다고.

올 들어 가장 춥다던 뉴스를 들은 날,

한파로 모든 것이 얼어 버릴 때,

군자동 집도 온수가 안 나오고 보일러가 꺼져

버렸어요. 방들이 얼었어요. 너무 추웠죠.

잠을 자는데 패딩을 입고, 수면양말을 신고,

장갑에 목도리까지 똘똘 둘렀어요.

그저 야속하기만 한 시간들이 있었죠.

요즘도 가슴 철렁 내려앉는 일이

반복되고 있어요.


요즘 클라이언트들은 전문성이 확실하고,

정보도, 요구도 많아요.

디자인 아이디어를 내거나 콘셉트 잡는 일은

누구나 할 수 있는 쉬운 일이 되었어요.

그렇다면 '클라이언트의 요구를

어떻게 실현할 것인가',

'건축이 삶에 얼마나 중요한가'를

깊게 생각해야만 해요.


사랑하는 사람을 만나면

길을 걸어도 잠을 잘 때도 그 사람만

생각나잖아요. 나한테는 건축이 그래요.
계속 그것만 생각하고 있어요.
이것도 사랑일까요.


벚꽃 나무가 겨우내 죽은 듯이 있다가
봄이 오니 하루가 다르게 활짝 피었네요.
꽃은 곧 지겠지만 다시 봄은 올 거예요.
이 벚꽃처럼, 인생도 희로애락이 반복되지요.


건축도 그래요.
사계절을 함께 보낼 공간을 지어야 해요.
아침, 점심, 저녁 햇살도 생각해야 해요.
빛과 어두움, 햇빛, 공기, 바람, 물
그리고 나무 푸른 계절과 황량한 겨울을
넉넉히 이겨 내야 해요.


노년의 부부가 손잡고
벚꽃을 끝까지 볼 수 있도록
평생 같이 사는 게 건축인 것 같아요.

# 잘할 필요 있나요

서두르지 않고 나를 돌아보며
조금씩 소중한 시간을 만들고 있어요.


그런 의미로 무작정 로드바이크를 시작했어요.
조급하게 능숙한 모습을 보일 필요 있을까요.
어차피 나는 초보인데요.
습득 능력이 늘 떨어지는 나는 어차피
비교 대상도 없어요.
비교 자체가 불가능하기 때문이에요.


이 나이 되도록 해 놓은 것이 없는 나이기에
부끄러운 도전이지만 선택해 봤어요.


목표는 크게 잡지 않았어요.
작은 도전을 하기로 했어요.
나와의 약속이에요.
그래도 그 과정에서 새로운 것을 배웠고,
어린아이처럼 순수한 기쁨과

경이로움을 누렸어요.
자연을 느끼게 되었어요.


기꺼이 용기를 낸 결과치고
충분히 값진 것을 얻었어요.

# 나 혼자 해 보겠다는데
# 뭐가 문제죠

'집 짓기 프로젝트'로
지난 1년 6개월 동안 이삿짐을 보관해 두었어요.
그 옷들을 꺼내 하나하나 숨을 쉬게 하고 있어요.
얼룩이 있으면 잘 지우고 구겨진 옷들은
분무해서 햇빛에 말려 다시 옷걸이에 걸면서요.

가끔 '그 옷은 어느 브랜드예요?' 물으시거든요.
그런데 요즘에 산 옷이 아닐 때가 많아요.
언젠가 방송에서 입은 흰 원피스도 많이
물어보셨는데 10년도 더 전에 아웃렛에서 산
'캘빈클라인'이에요. 지금은 팔지 않을 텐데,
알려 드리면서도 죄송했어요.

옷은 유행을 한 해 미룬다고 생각하고 사요.
몇 해가 지난 뒤 아웃렛에서 발견하기도 하죠.
그럼 득템하는 거예요. 사실 나는
비싼 브랜드는 그해에는 못 사고 못 입다가

나중에 아웃렛에서 사는 경우가 더 많아요.
그리고 두고두고 입는 거죠. 가방도 안에 완충재
같은 것을 가득 넣고 더스트 백에 넣어
형태를 잘 잡아 보관해요. 완충재는 계란이나
과일 살 때 들어 있는 포장지가 좋아요.
그러면 몇십 년도 사용할 수 있어요.

중간중간 꺼내 먼지도 털고, 돌아가면서
이것저것 한 번씩 들어 봐요.
혼자 이렇게 저렇게 입어 보고,
들고 신고 하다 보면 옷 잘 입는 요령도 생겨요.
한껏 스타일링을 하고 나면 사진도 찍어요.
안 어울리면 나중에 안 입으면 되죠.
그런 경험이 쌓이니 요령이 생기는 거예요.

옷은 내 스타일대로 입으면 되는 거예요.
유행을 좇다 보면 또 다른 피해자가 되고 말아요.
패션 빅팀(victim)이 되는 거죠.
물론 때와 장소는 가려야 한다고 생각해요.
아무리 내 스타일대로 입고 싶다고 교회 갈 때
술이 가득 달린 옷을 입을 순 없으니까요.

유방암으로 아프면서 많은 생각을 했어요.

이 짧은 순간들을 잊어버리면 안 되겠다고.

기록으로 남기지 않으면, 나중에 보고 싶어도

못 볼 테니까요. 머리가 없는 사진도 많아요.

부끄러워 공개를 못 하지만요.

인생 전반을 정리하고 새로 출발하기 위해서도

내게는 필요한 일이었어요.


오늘은 집이니까 내 맘이죠.

목에 털실 액세서리도 따로 해 봤어요.

원래 털 장식이 있는, 멋스런 티셔츠처럼 보여요.

헤어도 번 스타일로 꾸며 보려는데, 아직 머리가

짧아 한 번에 잘 안 되네요. 안 되는 건 따로 잡아

두 갈래로 나눠 올리니 머리에 두 개의 번이

꽃처럼 피었어요. 나에겐 '대체 불가능'이 없어요.

모든 것이 '대체 가능'이에요.


오늘도 집에서 나 혼자 해 보겠다는데

뭐가 문제죠? 누가 뭐래요?

그쵸?

# 뭐든 내 식으로 해요

나에게 있어 스타일이란

잡지 화보나 카탈로그에 등장하는 이미지가

아니에요. 삶을 정돈하고 한 걸음 나가기 위한

실제 상황이에요.

공간과 호흡하는 삶의 이미지예요.


생활하다 보니 필요해서 이것저것 만들게 됐고,

그러다 보니 자투리 원단이 늘어났어요.

버리기 아까워 모아 둔 거죠.

모아 놓았으니 또 써야 해요.

계속 모으면 짐이 되어 버리기 일쑤니까요.

빨리 소진할 일거리를 만들었어요.


며칠 전 아는 동생이 재봉틀을 주겠대요.

나는 팔짝팔짝 뛰며 좋아했어요.

정말 기대가 돼요.

실컷 바느질을 해야겠어요.

많은 사람이 공간 콘셉트나 디자인을
의논해 오곤 해요.
함께 공간을 꾸미기 위해 발품도 아끼지 않아요.
생각 이상으로 목돈도 벌었어요.
내가 원하고 즐거워하는 일은
우리가 생활하는 공간과 사람 사이에 유기적인
관계를 위한 콘셉트를 만드는 거예요.

나는 무엇이든 커스터마이즈(customize) 하는 것,
즉, 내 식으로 바꾸는 것을 좋아해요.
그것이 바로 다른 이들과 차별화된 나만의
스타일이 아닌가 싶어요. 싸든 비싸든,
내 취향이라고 다 살 수는 없잖아요.
그래서 나는 자유롭게 '믹스 앤 매치'하는
방식으로 나만의 디자인을 만들어 내는 걸
선택했어요. 굳이 말하면 일종의
하이브리드 디자인을 지향한달까요.
기존의 규칙에 얽매이지 않고
내가 원하는 방식, 편한 방식으로
무조건 시도해 봐요.

배워서 한 것은 없어요.

테이블 세팅도 배운 적 없어요.

꽃꽂이도 마찬가지예요.

얼마 전 웨딩 꽃꽂이 특별 강의를 들었어요.

역시 '전문가는 다르다'고 느꼈지만

집에 돌아오면 또 '서정희 스타일'로 가는 거예요.

내가 자주 사용하는 소품 등에

'서정희 스타일'이라는 말이 붙더라고요.

나도 장난삼아 스탬프를 사용해서

원단에 내 이름을 찍어 두기도 해요.

나만의 일관된 시그니처 콘셉트는 바로

'심플 앤 오가닉'일 거예요.

오늘도 나는 나만의 디자인을 위해

창의력을 발휘 중이에요.

# 발레를 포기하지
# 않기로 했어요

발레를 잘하려면 시간이 필요해요.

짧은 시간에 배울 수 없어요. 고통이 필요해요.


내 몸은 이미 돌처럼 굳었다는 걸 모르지 않아요.

그런데 쉰일곱 살 여름,

멋진 발레 공연을 관람하고 큰 감동을 받았어요.

그길로 발레를 시작했어요.

발레리나가 되려는 것이겠어요?

그냥 발레가 좋았어요. 꽃을 보면 좋은 것처럼요.

이혼 후 고통 속에 있을 때, 취미로 발레를 하면

서

슬픔이 기쁨으로 바뀌는 걸 경험했어요.


음악에 맞춰 몸짓을 배우면서

땀이 송골송골 맺히는 그 순간,

아주 잠깐이지만 거울에 비친 내 모습이

발레에 어울린다고 생각했어요.

딸 동주와 길을 걷다

우연히 발레 샵이 보였어요.

들어가 연습용 토슈즈를

만지작거리다 하나 샀어요.

가슴이 쿵쾅거렸어요.

기분이 좋아 흥얼거리며

길거리에서 뱅글뱅글 돌며 집까지 왔어요.


집에서 토슈즈를 실내화처럼 신고 다녔어요.

사뿐히 걷기도 하고 뛰기도 하며

현대 무용의 창시자

이사도라 던컨(Isadora Duncan)이

맨발로 춤추던 것을 흉내내 봤어요.


발레복 레오타드도 샀어요.

발레 학원도 알아봤어요.

학원에서는 건강을 위해 '스트레칭 발레'를

권했어요. 개인 지도도 여덟 번 받았어요.


그런데 두 달 만에 그만뒀어요.

이유는 별거 없어요. 우선 레슨비가 비쌌어요.

또 동작도, 발레 용어도 너무 어려웠어요.
발레 배우기가 쉽지 않다는 사실을
본능적으로 직감했어요.

화가 조지아 오키프(Georgia O'Keeffe)가
한 말이 있어요.

"아무도 꽃을 보지 않는다.
너무 작아 알아보는 데 시간이 걸리기 때문이다.
우리에겐 시간이 없고, 무언가를 보려면
시간이 필요하다. 친구를 사귀는 것처럼."

이 글을 보고 나는 생각을 바꿨어요.
발레를 포기하지 않기로 했어요.
발레와 친구가 되기 위해 스트레칭하며
시간을 보냈어요. 자세도 많이 좋아졌어요.
뻣뻣한 어깨가 부드러워지고
구부정한 허리도 펴졌어요.
1년을 배우니 다리가 일자로 찢어졌어요.
발레를 늦게 시작했지만
'발레 신동'이란 말도 들었어요.

발레는 나를 기쁘게 해요.

음악적 취향이나 분별력은 필요 없어요.

좋으면 하고 싫음 안 하면 되니까요.

발레의 역사와 이야기를 알아 가는 게 좋아요.

아침마다 스트레칭 발레로 아침을 깨워요.

피곤한 몸이 풀리고 키도 커지는 느낌이 들어요.

무엇보다 몸이 건강해지고 있다는 게 느껴져요.

매일 발레와 행복한 아침을 맞으니

마음도 건강해져요.


내 삶의 도전은 계속될 거예요.

오늘도 나는 춤출 거예요.

# 노을은 푸른 하늘이
# 피어오르는 것이다


온통 주홍빛으로 물든 계단이 보였어요.

성큼 계단 구석에서 자세를 취해 봐요.


몇 주 전 주홍빛의 노을을 봤어요.

흔히들 노을 지는 하늘을 보면

그 형형한 색감에 감탄하다가도

곧 어둠이 오겠거니 생각하잖아요.

나도 그랬어요.


그런데 시인 게오르크 트라클(Georg Trakl)은

노을을 다르게 바라본 것 같아요.

그는 노을 지는 하늘을

푸른 하늘이라고 말해요.

그러니까 노을은

푸른 하늘이 피어오르는 것이라고요.

주홍빛 노을이 푸르름으로

피어오르는 것을 상상해 봐요.

누군가에겐 어둠이 다가오는 시간을
또 누군가는 푸르름으로 피어오른다고
노래하는 것처럼
우리 인생도 생각하기 나름인 거예요.


폭염의 여름이 조용히 사그라지고 나면
가을이 오듯,
혹한의 겨울이 조용히 사그라지고 나면
봄이 오듯,


주홍빛 노을이 푸르름으로 피어올라
동터 오르는 새벽으로 데려다 줄 테니까요.

# 꽃이 지고 나면
# 잎이 보이듯이

가을을 결실의 계절이라고 해요.
꽃이 지고 그 자리에 열매가 맺히는 계절,
그 열매를 풍성히 거두는 계절이기 때문이죠.

누구보다 이 계절을
기다리는 이가 있을 테니,
바로 농부예요.

꽃이 지고 아름다운 열매들을 거둘 때
농부는 그 어느 때보다
만족감과 기쁨을 누릴 거예요.
그런데 사람들은 열매보다
꽃에 더 관심이 있지요.

풀은 마르고 꽃은 시들어요.
그런데도 우리는 꽃의 시듦을 거역해요.

꽃의 아름다움이
영원할 것이라 믿고 싶은 거예요.


이해인 수녀가 그랬죠.
"꽃이 지고 나면 잎이 보이듯이"


우리도 그래요.
살아 보니 아름다움도 시들고
찬란했던 모든 것이 그 빛을 잃어요.
그렇지만 아름다움이 시들었다고
끝이 아니잖아요.


푸른 잎이 햇빛을 받아
싱그러움을 더하는 날이
반드시 올 거예요.

# 그냥 두면
# 먼지만 쌓입니다

녹색 초원, 푸른 바다, 파란 하늘이
내가 보고 꿈꾸는 내 인생의 세계예요.
본래의 순수함을 유지하는 자연 그대로가
가장 깨끗하고 아름답다고 늘 생각해요.
기회가 올 때마다 그 자연을 누리고 싶어요.


그러나 집은 다르죠.
그냥 놔두면 먼지가 쌓이고 곰팡내가 나니까요.
싱크대 하나만 예를 들어 볼까요.
설거지를 며칠 안 하면 미끌거리는 물때가 끼고
하수구에서 썩은 음식물 냄새가 올라와요.
비위가 상해요.
싱크대 청소 후 마른 수건으로 닦고
배수망은 거꾸로 뒤집어 말려요.
물이 고인 곳은 약간의 크로락스를
희석해 뿌려 두면
다시 설거지할 때 물이 내려가면서

물때도 씻겨 내려가요.

내 작은 노하우예요.


안 쓰면 유지가 안 되고 더 망가지는

집처럼, 옷도 그래요.

잘 보관한다고 박스에 넣어 두지만

보관되지 않고 삭아 버려요. 냄새가 나요.

낡고 좀먹어 입을 수 없어요.

옷도 공기와의 소통이 중요해요.

수시로 입어 주고 적당히 환기시켜 주어야

오래 입을 수 있어요.


지난 40년을 이렇게 살림과 씨름하며 보냈어요.

세월이 화살처럼 지나간다더니, 정말 그래요.

그러면 그 오랜 세월 보내고

내게는 뭐가 남았을까요.

아픈 과거로부터 얻은 소중한 경험이겠죠.

그 경험을 자산 삼아 어떤 시련과 어려움도

넉넉히 이겨 낼 수 있다는

담대함으로 살아가고 있어요.

인생은 어차피 항상 새로운 출발이고,
그 여정에는 항상 도전이 있게 마련이잖아요.


최근에 몇 개의 공간디자인
프로젝트를 추진했어요.
가끔 SNS에 올리면 "암 환자는 쉬어야 한다",
"몸을 아껴라" 하는 댓글이 올라와요.
사랑하는 마음으로 주시는
많은 조언에 감사해요.
맞는 말이에요.
그렇지만 암 환자라고 해서
늘 방에 누워만 있어야 할까요?
그러면 나는 아마
날마다 유방암만 묵상하고 있을 거예요.
그런다고 내 병이 나아질 것 같지 않아요.


나는 가끔 내가 암 환자인 것도 잊고 살아요.
때때로 '참, 나 암 환자지?' 할 때도 있어요.


그저 내 앞에 놓인 새로운 도전에
잘 응전해 나가려고 해요.

앞으로 평생 목말랐던 디자인을

열심 내어 해 보려고 해요.

독립된 주체이자 자아로서

그동안 걷지 않았던 길을 걸어 보고 싶어요.


좋은 책도 더 많이 읽고,

더 많이 쓰고,

그림도 그려 보고,

음악도 듣고,

기도와 묵상의 시간을 가지면서

푸른 바다를 헤엄치고,

더 높이 날아 보고 싶어요.

내 모습을 느끼고 싶어요.


이제 시작일 뿐이에요.

내 인생의 제2막을

이렇게 시작하고 있어요.

④

내가 웃고, 새벽도 웃고,
주님도 웃는 시간

# 내가 웃고, 새벽도 웃고,
# 주님도 웃는 시간


내가 하늘 위로 눈길을 보내면,
하늘은 내게 무한히 많은 것을 보내 줘요.
나를 무심히 대한 적이 없어요.


힘든 상황을 이겨 내며 살아오는 동안
매 시간 모든 계절 모든 날씨 속에서
하늘과 구름과 별과 스치는 공기와도
나는 친밀해졌어요.


그곳에서 자라는 모든 나무의 잎사귀들과
그들이 꽃피고 열매 맺는 모습은 물론,
시들어 가는 모든 과정도 이미 잘 알고 있어요.
그들이 깊은 잠을 잘 때도,
폭설로 줄기가 다 꺾이고 눈에 뒤덮이더라도
그들은 봄이 오는 소리에 벌떡 일어나
나보다 더 크게 우뚝 서서
"안녕!" 내게 인사해 줘요.

정수리를 스치는 그 잎들이 내게는 기쁨이에요.

죽을 것처럼 추웠는데 시원해지더니,

이제는 덥기까지 하네요.


숨이 막힐 만큼 찌는 더위도

새벽엔 따뜻한 바람으로 나를 감싸고요.

그 모든 것이 내게는 친구예요.


나는 그들과 비밀이 있어요.

하늘과 구름과 별과 스치는 공기와도

함께 나눈 기도가 있고요.

그들은 나를 알고 있어요.

다른 이들은 알지 못하는

우리만의 비밀이 있어요.

내 이야기를 들어주는 하늘이 있어요.


오늘 새벽도 어김없이 그들이 나를 반기네요.

우린 하루도 그냥 지나가는 법이 없어요.

내가 웃고, 새벽도 웃고, 주님도 웃어요.

내 친구들도 오늘, 조잘조잘

나를 위해 노래하네요.

읊조리는 소리에 화답하는
이 시간이 좋아요.

해가 힘있게 돋음같이
우리의 삶도 돋아나길 기도하는
이 아침이 좋아요.

# 기도는 내게
# 비빌 언덕이에요

내가 새벽기도를
다시 시작하는 데엔 다 이유가 있어요.
어딘가 아프다는 거죠.
마음이 아프고, 몸이 아프고.
그리고 불안하다는 거죠.
지금 상황이 불안하고,
미래가 걱정된다는 거죠.

하지만 새벽기도 하고 오면
모든 게 달라져요. 모든 것이요.
길가의 바람도, 나무도,
도로 옆 작은 화단의 꽃들도, 풀도, 돌들도,
쇼윈도 마네킹들도, 신호등까지도
내게 말을 걸어요.
나에게 관심이 있나 봐요.
모든 것이 나를 중심으로 돌아요.
나를 위해서 모든 것이 존재하는 것만 같아요.

자꾸 미소가 지어져요. 그럼 된 거죠.
그래서 새벽기도 하러 가요.
이것이 새벽기도의 힘이에요.


주님의 손길이 느껴져요. 기쁨이 오니까요.
걱정이 없어지니까요. 두려움이 없어져요.
무너졌던 나의 마음을 다시 세워 주세요.
뭔가 할 일이 생겨요.
주님은 선하시니까요.


주님은 명철과 지식도 가르쳐 주세요.
그래서인지 사람들이 가끔
내게 지혜롭다고 해 줘요.
그릇 행하던 일들을 깨닫고 돌이켜요.
그리고 결단해요. 감사함을 배워요.


내게 기도란 이런 거예요.
의지할 곳이 있다는 든든함.
그래서 내일 일을
걱정하지 않을 수 있는 비빌 언덕.
돌아오는 길은 구름 위를 걸어요.

# 나의 기도 방

세상이 시끄럽고 분주하게 돌아가도
내게는 아무런 감흥이 없습니다.
세상 소리가 들어오지 못하게 '꽈-악'
진공 상태로 조이고 아무런 방해도 받지 않는
이 새벽, 고요한 시간이 좋습니다.
그래서 일부러 작정하고
기도 방을 만들었습니다.

기도하는 사람들은 나처럼
자기만의 골방을 사랑합니다.
물론 길을 걸으며, 운전하며,
잠을 청하는 침대에서도 기도하지만
그래도 기도 방이 있으면 좋습니다.

계단 내려올 때 불을 켜지 않으면
헛발 딛기 일쑤인 밤의 어두움이 아닌
빛을 몰고 올 새벽의 어두움이
좋습니다.

나의 기도 방에는

천장 빔 사이에 간접 조명이 있고,

두 개의 스탠드 조명이

좌우에 하나씩 비추고 있습니다.

성경을 비추도록 각도를 고정해 놓았습니다.


필사를 시작하면

쓱쓱 볼펜 소리

노트 넘길 때 팔랑이는 종이 소리만

내 귀에 들립니다.

그 소리가 참 좋습니다.


새벽이라

배에서 나는 꼬르륵 소리와

기침 한 번 하면

그 소리가 천둥이 되어 리듬을 타며

가장 고요한 시간을 만들어 냅니다.

원래 천장 노출을 좋아하지만

기도 방은 깨끗한 마감을 원했습니다.

그런데 워낙 공간이 작고

천장이 너무 낮아 하는 수 없이
천장을 노출시킨 디자인이 되었습니다.
그렇게 노출된 천장은
오히려 매력적입니다.
이 기도 방에서 주님과의 사연을
다시 채우고 만들어 갈 것입니다.

어릴 때의 감성으로
순수하고 깨끗한 나의 '감(Inspiration)'을
하나하나 일으킬 것입니다.

부서지고,

금이 가고,

아프고,

찔리고.

지난 세월
참 많은 일이 있었습니다.
부질없던 일,

안타까운 일,

서글픈 일,
후회하는 일.


많은 일이 이 기도 방에서
회복되고 있습니다.

# 이끼 정원

이끼 정원 귀퉁이에
의자를 옮겨 놓고 앉아요.
어떤 때는
작은 책상도 끌고 가지요.

다른 분위기에서
성경을 읽으며
필사하고 고요하게 묵상하는
시간을 가져 보기 위해서예요.

아름다운 이끼 정원에서
성경을 읽는 상상만으로도 가슴이 벅차요.
얼그레이 차 한 잔을 곁에 두고
한 장 한 장을 넘겨요.
그림도 그려요.

잠시 머리 아픈 일상은 미뤄 두고
여유로운 마음으로 성경을

정성스레 옮겨 적어요.

소리 내어 읽어 보기도 하고요.
그리고 고요 속에서
잠시 눈을 감고 쉬기도 해요.

축축해야 잘 자라는 이끼처럼
하나님 은혜로 촉촉해져 가는 시간이에요.

# 내 삶의 방식은
# 몰입이에요

기도할 때, 묵상할 때,

속상할 때, 음악을 들을 때, 책을 읽을 때,

영화를 볼 때,

꽃꽂이할 때, 청소할 때, 시를 쓸 때,

나는 몰입하길 좋아해요.

이것이 나에게 무엇을 주는가는

중요하지 않아요.

몰입한 순간을 사는 방법으로 선택했기

때문이에요. 내게는 그저 깊이

몰입하는 그 일이 중요할 뿐.


몰입은 시간의 흐름을 망각하게 해요.

한 30분쯤 지났나 싶어 시계를 보면

벌써 세 시간째를 지나고 있어요.

어느새 아침이 오는가 하면, 또 밤이 오는 거죠.

그래서 나는 몰입을

나의 사는 방법으로 선택했어요.

몰입한 시간 동안은

모든 힘든 것을 잊어버려요.

무아지경을 경험해 본 사람이라면

무슨 말인지 이해할 수 있을 거예요.

그때가 가장 행복하지요.

일이 저절로 정교하게 되는 것들이 있어요.


그러다 보면 책이 한 권, 묵상집이 한 권 나오고,

꽃이 탄생하고 그림이 완성되죠.

무엇엔가 빠져 집중하고 있을 때,

정신이 온통 그 생각으로 가득 차

아무것도 틈을 비집고

들어오지 않을 때가 좋아요.


몰입이 풀어지는 순간은 끝없이 절망에 빠져요.

절망하지 않기 위해서 나는 몰입해요.

몰입을 통해 나의 자아는 해방감을 느껴요.


뚫어지게 바라보는 관찰, 응시, 집중, 반복.

이것이 내가 성경을 보는 관점이 되었어요.

# 글을 쓰면서
# 잊어버렸던 나를 발견해요

글쓰기에 관해서 묻는 사람이 많아요.
내가 어떻게 SNS에 글을 올리고
책을 낼 수 있었는지 궁금한 모양이에요.


나는 글을 쓰면서 생각을 정화하고
혼란스러운 감정을 차분하게 정리하곤 해요.
그러다 보면 미처 몰랐던
내면 깊숙한 소리를 듣곤 해요.


힘든 일이 있을 때마다 글쓰기로 이겨 냈어요.
요즘은 글쓰기를 통해 세상과 소통하기도 하죠.
생각지 못한 어려움을 겪고 있는 사람이
많더라고요.


그들에게 내 경험을 나누고
용기를 주고 싶어서 글을 써요.
글쓰기가 취미인 셈이죠.

나는 주로 휴대전화와 공책에 글을 써요.

공책과 펜이 든 가방, 휴대전화는

어디를 가든 꼭 갖고 다녀요.

언제 갑자기 글을 쓰고 싶어질지 모르잖아요.


그런데 유방암 수술 직후

황당한 일이 일어났어요.

마취가 덜 깬 상태에서 돋보기 없이 글을 쓰다가

전체 삭제를 누르는 바람에

수년간 기록한 파일이 다 날아가 버린 거예요.

휴대전화 구석구석을 다 뒤지고 난리를 쳤어요.

식은땀이 줄줄 흘렀죠.

파일 찾느라 수술 후 24시간 달고 있는

피주머니 고통도 잊어버렸어요.

그런데 결국 찾지 못했어요.


책을 읽다가도

눈길을 끄는 부분이 있으면

메모하거나, 밑줄로 표시해요.

북마크를 붙여 뒀다가

나중에 다시 보기도 해요.

책을 읽고 독후감을 쓰고, 영화감상문도 써요.
음악을 듣고도 글을 써요.


매일 새벽기도를 다녀와
하나님 말씀을 되새기기도 하고,
주일 예배 설교를 듣다가도,
개인 기도와 묵상을 하면서도 기록해요.
날짜와 요일, 날씨까지
꼼꼼하게 기록하는 편이에요.
정직하게 쓰고 있어요.
하나님은 참모습을 보기 원하실 테니까요.
진정한 소통을 위해
내면의 대화가 중요하다고 생각해요.


그렇게 기록한 내용들을 엮어서
묵상일기 《서정희의 주님》(두란노) 외에
여러 권을 출간했어요.
짧고 간결한 성경 연구 소책자도
여러 권 만들었어요.
성경 연구, 묵상하는 법, 리더십에 관하여,
시간 관리, 재정 관리, 성령에 관하여 등.

소책자를 만드는 이유는

잊어버릴까 봐서예요.

스프링 제본을 해서 필요할 때 찾아보곤 해요.

글쓰기 습관 덕분에 작가가 됐고,

인테리어 전문가, 초빙교수 일도 하게 됐어요.

그리고 지금은 건축 일도 하고 있어요.

보물 같은 열매이고 소득이에요.


틈틈이 써 둔 글들을 박스로 보관하고 있어요.

언제 어떻게 이것들이

빛을 보게 될지 모르잖아요.

글쓰기는 잊어버렸던 나를 생각나게 해 줘요.

하찮은 것 같아도 머뭇거리지 말고

쓰고 메모해 보세요.


누군가 한 명이라도 읽어 준다면

그것만으로도 충분히 기쁜 일이 아닐까요?

...지나고 비도 그쳤고 이제 사막에 꽃이 떨어집니다.
...산이 돋겁집니다.
...인들처럼 저는 누가 뭐래도 말문을 지켰습니다.
...마디 끓어지는 나의 단장의 고통의 빗소리는
...나옵니다.
...께 꽃이 피었습니다.

→뚝. 창자가 끊어진다
   마음이 몹시 슬프다는 뜻.
   끊는다 창자장

...글래  ...돈밖이 ... ... ... 등장기 께다.
...카네이션 봉선화... ... ... 해바라기 코스모스
- 라일락...

...가운데.  라 스칼라 극장을 지나갔다.
...에서 베르디의 오페라 Nabucco 속
...예들의 합창을 들고 싶었다.
...스칼라 극장에서 ……
...았던 마음이있다 / 유다의 여호와 / 날아라 금빛날개를 타고

# 나는 집을 캔버스라고
# 생각해요

살림에 열중하는 나를

한심하게 보는 이들이 간혹 있어요.

작고 사소한 것들로 시간을 보낸다고 그래요.

청소 따위, 정리 따위, 쓸고 닦고 후벼파고

다시 내일이면 쌓일 먼지를 터는 일 따위 말예요.


꾸미는 일도요. 공사판에서 자꾸 이리저리

옮기고 달았다 다시 떼고 또 달고 하는 일 따위.

그래도 나는 그런 일을 좋아해요.

먼지가 쌓이면 또 털고 다시 놓고를

수십 번 하게 돼요.


온몸이 쑤시고 힘든 중에

친한 지인이 운영하는 편집숍에 다녀왔어요.

크리스마스 준비를 하려고 해요.

지난해 넣어 두었던 오너먼트를

찾아야겠다는 생각도 해요.

집 안을 꾸미려 생각하니 설레요. 이것저것
집 안 곳곳에 떼었다 달았다 옮겼다 해 봐요.
오전 내내 핸드폰으로 사진도 찍어요.
몇 컷을 선별해 SNS에 올렸어요.


나는 집을 캔버스라고 생각해요.
한껏 펼쳐 보일 수 있는 커다랗고 하얀 도화지요.
그래서 청소, 요리, 정리 등 반복되는 집안일도
좀 더 창조적인 방법으로 하고 싶고 그 방법을
공유하고 싶기도 해요.
'전문적'인 가정주부가 되려고 노력했던
시간이 있었고, 지금도 그러려고 노력해요.


살림을 꼭 돈으로 한다고만
생각하는 분들이 있어요.
그러나 그렇지 않아요.


나는 월세를 살아도 집 안을 단장하는 일을
허투루 해 본 적이 없어요.
포장지와 끈 하나도
함부로 버리지 않았어요.

그 덕에 20년을 지고 다닌
천 원짜리 바스켓이
고급스럽게 바뀐 적이 있어요.

나의 하루를
내가 좋아하는 것들로 가득 채우면
또 좋은 일이 일어날 거라는
믿음이 있어요.

오늘도 약간의 비움과
약간의 꾸밈과
다시 채울 것들을 정리하며
전진하고 있어요.

# 공간의 향기

매력이 있는 사람에게는
그 사람만의 독특한 향기가
느껴지잖아요. 집도 그래요.
그 집만의 향기가 나기 마련이에요.

집을 완성하는 마지막 터치는 바로
공간의 향기라고 생각해요.
엄마가 끓여 주는
김치찌개 냄새, 된장찌개 냄새를
행복한 순간의 향기로 기억하는 사람도 많죠.

어린 시절을 떠올려 봐요.
집 마당에 평상이 있었는데, 그 위에 누워 있으면
코끝으로 전해오는 바람을 맞으며
살짝 졸았던 기억이 있어요.
그 순간이 생각나면 절로 미소가 지어져요.

집 안으로 들어오면 좁은 마루가 있고

양쪽 미닫이문을 열 수 있었어요.

유독 창문이 많아 다 열면

바람 때문에 집 안 커튼이

사정없이 날리곤 했어요.

읽던 만화책 책장이 마구 넘어가기도 했지요.


맞바람이 불 때는 너무 추워 창문과

방문을 꼭꼭 닫았어요.

외할머니는 늦가을부터 창문마다

비닐 뽁뽁이를 붙이셨고,

따뜻한 공기가 새어 나갈까 봐 겨우내

창문을 못 열게 하셨어요.

그 덕에 온돌 방바닥에서 타는 냄새가

코를 찔렀어요.

탁한 공기로 답답했어요.


결혼 후 새벽기도를 다녀오면

수건과 행주를 자주 삶았어요.

성경을 읽으며 집 안에 가득

퍼지는 빨래 삶는 냄새를 맡으면

기분이 좋았어요.

부러울 것이 없었어요.

하나님 은혜와 사랑으로

향기로운 냄새가 나는 가정을

꿈꿨던 것 같아요.

좋은 향기는 기분을 좋게 만들고

열정을 자극하죠.

그래서 많은 기업이 향수를 론칭하나 봐요.

디퓨저가 불티나게 팔리는 것도

그런 이유일까요.

방 안에 향기를 퍼지게 하는

아로마 향이 인기예요.


좋은 냄새는 자꾸 맡고 싶은

끌림과 힘이 있어요.

빵집을 지날 때 구수한 냄새가,

과일 집을 지날 때 달콤한 냄새가,

커피숍을 지날 땐 향긋한 냄새가 침샘을 자극해

그냥 지나칠 수 없게 만드는 것처럼요.


요즘 어린 시절의 우리 집이 그리워요.

내가 잠자던 이불 냄새가 그립고,

작은 다락방의 꼬리꼬리한

메주 냄새가 그리워요.

이런 냄새는 집으로 빨리 달려가게 만들어요.

아이들을 키울 때는 목욕 후에 발라 주던

베이비 로숀과 오일 냄새가 정말 좋았어요.


인간은 살아 있는 한

어떤 향기든 나게 되어 있어요.

악취일 수도 있죠.


우리 집에서 예수님의 향기가

많이 나면 좋겠어요.

# 주님 잘했나요, 예쁜가요

테이블을 세팅할 때마다,
집 안을 정리할 때마다
주님께 항상 여쭤보는 말이 있어요.


주님,
이렇게 놓을까요?
이 색을 쓸까요?
잘했나요?
예쁜가요?
괜찮아요?


그저 바라만 봐도 아름다운 꽃처럼
주님, 내게도 그런 아름다움을 허락하소서!


내 눈을 열어
주님이 만드신
아름다운 것들을 보게 하소서.

# 오늘도 나는 노래해요

나는 노래에는 재주가 없어요.
그래도 나는 노래가 너무 좋아요.
늘 흥얼흥얼 따라 부르곤 하죠.
슬퍼도 기뻐도, 나는 늘 노래해요.
마치 내가 항상 글을 쓰는 것처럼요.
어떤 노래는 내 마음을 다 읽어 주는 것만 같아
날 감동케 해요.


내일은 교회 가는 날!
난 일찍 가서 맨 앞자리에 앉아요.
그리고 예배를 두 번 드리죠.
찬양을 좋아하기 때문이고,
찬양을 집중해서 부르고 싶기 때문이에요.


살면서 힘들 때도, 찬양으로 이겨 냈어요.
찬양하는 동안만큼은 아프지도,
슬프지도, 외롭지도 않았어요.
너무 좋아서 눈물만 났어요.

찬양을 부르다가

이대로 죽어도 좋겠다는

생각도 했어요.


천국 가면 함께한 자들과 함께 읊조리듯,

종달새처럼 종알종알

쉬지 않고 찬양하겠죠?

그래서 천국 소망을 가지고

오늘도 나는 노래해요.

# ⑤

## 살아 있길 잘했어

# 두 번째 스무 살이
# 돌아왔습니다

바위틈 낭떠러지 은밀한 곳에서

울고 있었습니다.

아기를 잉태하려는데

잉태할 힘이 없었습니다.

나를 보러 오라고 했습니다.

손을 내밀었지만,

아무도 손잡아 주지 않았습니다.

찾으려 했지만,

어디를 둘러봐도 찾지 못했습니다.

만나려 했지만,

누구도 만나지 못했습니다.


어딜 가나 아프고,

어딜 가나 슬프고,

어딜 가나, 어딜 가나 어둠이었습니다.

수건으로 얼굴을 가리고

남의 옷을 입고 내 옷이라 우겼습니다.

그렇게, 나의 날은 저물었습니다.


칠흑 같은 밤이 왔습니다.

문 밖의 세상이 궁금했습니다. 그리웠습니다.

날마다 몰래 문틈으로 밖을 훔쳐봤습니다.

사망의 음침한 골짜기를 가는 동안에도

내내 햇볕은 쨍쨍 빛나고 있었습니다.

나의 첫 번째 스무 살은 그렇게 지나갔습니다.


깊은 잠이 들었습니다.

잠에서 깨어 바벨론 강가에서

시온을 바라보며 울기 시작했습니다.

나의 노래는 끝없이 이어지고 있었습니다.


다시 잠들었고.

꿈을 꾸기 시작했습니다.

깊은 잠에서 깨어났습니다.

내가 잠든 사이 겨울도 지나갔습니다.

그리고 꽃이 피기 시작했습니다.

새도 노래합니다.

나를 위해 잔치가 벌어졌습니다.
사막에 꽃이 피기 시작했습니다.
꽃동산이 되었습니다.
내 입에는 웃음이 가득 차고
내 혀에는 노래가 시작되었습니다.


여인 중에 어여쁜 자야,
너는 비록 검으나 아름답다.
너는 어여쁘고 어여쁘다.
아가서의 하나님 음성이 들립니다.


어찌 그리 아름다운지.
어찌 그리 화창한지.


아침 빛같이 뚜렷하고,
달같이 아름답고,
해같이 맑고 깃발을 세운
군대같이 당당한 여자가 누구인가.


나의 두 번째 스무 살이
돌아오고, 돌아왔습니다.

## 그 힘듦 속에도
## 뭔가가 있을 거예요

나는 다짐한 게 있어요.

다시는 다른 이에게 내 삶을 걸지 않겠다고.

그래서 지금은 내가 어떤 사람인지를

발견해 가면서, '진짜 내 인생'을

시작하고 있어요.


지금 나는 다시 스무 살 시절로

돌아간 기분이에요.

도전하면서 새로운 시작을 하고 있잖아요.


자꾸 나이 나이 하면서 쉬라는데,

나이가 뭐 대수예요?

나이는 걸림돌이에요.

때로는 능력과 환경도 장애물이 돼요.

도전하고 싶지만

못 하는 상황도 많아요.

그런데,

나도 그렇고

이 글을 보는 분들도 지금 힘들잖아요.

편한 분들 별로 없잖아요.

겉은 멀쩡해도 속을 들여다보면 다 힘들어요.

그런 분들에게 해 주고 싶은 말이 있어요.

"그 힘듦 속에도 뭔가가 있을 거예요."


스쳐가는 것 중에

내 전문성이 드러나는 일들이 있을 거예요.

남과는 또 다른 것들이 있을 거고요.

아직 발견하지 못했을 뿐이에요.

그걸 많이 알려주고 싶어요.

그래서 강의도 많이 하고 싶고,

책 쓰는 일도 멈추지 않을 거예요.

어떤 방송이든 나를 필요로 하거나 원하면

출연할 거예요.


예전에는 '나를 싫어하는 사람들이 있으니까,

악성 댓글이 달렸으니까' 하고 위축되곤 했어요.

방송도 잘 못 나갔어요.

이제는 그러지 않으려고요.

나를 비난하는 사람들,

내게 상처 준 사람과도 함께 가는 거죠.

그러면서 그들과 점점 가까워질 거예요.

그러면 미운 게 열 가지였다가도

아홉 가지로 줄지 않겠어요?

내 모든 걸 좋아해 주진 않더라도

점점 나아지겠죠.

내 속으로 낳은 자식도

미울 때가 있잖아요(웃음).


정희는 오늘도 도전합니다.

오늘도 이것저것 정리 중입니다.

신발장 정리 중이었어요.

# 오랜만에
# 음식 냄새가 나겠네요

새벽 4시,

어김없이 눈을 떴어요.

하나님께 기도부터 드렸죠.

살아 있음에, 깨어남에 감사했어요.


오랜 습관은 잘 변하지 않는 것 같아요.

늦잠을 잘 수가 없어요.

특히 해야 할 일이 많은 날엔

꿈에서도 정리하느라 온몸이 피곤해요.


아직은 어두운 새벽 미명에

어제 사 둔 식은 라테를 먹고 있어요.

식탁 의자에 앉아 멀거니 멍때리고 있다가,

세팅 한번 연습해야겠다는 생각이 났어요.

우리 가족을 정식으로 섬겨 드리고 싶어요.

엄마랑 동주를요.

아픈 나를 돌보느라 많이 힘들었을 거예요.

갑자기 흥분돼요. 눈물도 나고요.

마음이 분주하네요.

그릇은 흰색 자기류가 좋겠죠?

펜트리와 찬장을 뒤지고 있어요.


오랜만에 음식 냄새도 나겠네요.

김밥과 라면은 잠시 쉴 수 있겠어요.

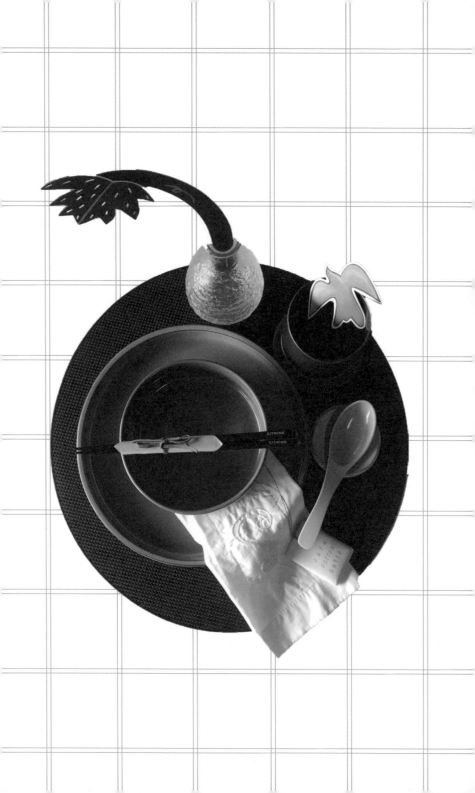

# 자유로운 영혼이
# 되어야겠어요

모든 걸 편안히 받아들이는 분들이 부러워요.

긴 밤을 꿈도 안 꾸고

잘 수 있는 분들이 부러워요.

감기에 걸려 온몸이 아프네요.

그런데도 나의 할 일은 산더미같이 쌓여 있어요.


침대 시트 갈 때마다 먼지가 날려 기침하면서도,

이걸 꼭 해야 하나 싶으면서도,

결국 답은 '해야 한다'예요.

담이 와 진통제를 먹으면서도

이걸 꼭 갈아야 직성이 풀리니

이런 내가 싫었던 적이 한두 번이 아니에요.


설거지가 쌓여도,

빨래가 젖은 채로 겹겹이 쌓여도,

세웠던 계획이 순서대로 돌아가지 않아도

'그럴 수 있지' 하고 무시할 수 있는 여유가

왜 내게는 없을까요?

이게 뭐가 중요하다고

이 유난을 떠는 건지.


그저 웃는 편안함을,

대충 넘어가는 여유로움을

이제는 좀 누리고 싶어요. 이른 아침 춥다고 핑계

대며 꼼짝 안 하고 말이죠. 먹을 거 하나 없고

빨래가 쌓여도, 일이 산더미처럼 밀려도, 뻔한

일상이 그저 편안한 그런 내가 되어야겠어요.


"정희야! 충분히 쉬어. 마음을 바꿔!"


침대 시트 가는 시간에

내가 좋아하는 노래를

불러야겠어요.


자유로운 영혼들을 부러워만 말고

이제는 내가 자유로운 영혼이 되고 싶어요.

가끔은 흔들리고 일탈하는

내가 되고 싶어요.

# 내 매뉴얼을
# 파기할 참이에요

오늘도 아침이 어김없이 나에게 왔어요.

그리고 하루가 시작됐고,

어제는 그렇게 지나갔어요.

아무것도 달라지지 않았죠.

똑같은 일상, 나의 세상은 매일 똑같이 흘러가요.


오늘은 그럭저럭

보통의 미세먼지와 자외선으로 가득 차 있어요.

아침부터 에어컨을 켰어요.

창에서 내리쬐는 햇볕이 뜨거워요.

창문에 자외선 차단 필름을 붙여야겠어요.

이글거리는 햇빛이 나의 가구와 물건을

다 태워 버리기 전에요.


게으름이 나를 덮치네요.

사실 어젯밤 가위에 눌려 일어났어요.

한 번은 더워서 일어났고요.

그리고 한 번은 화장실 가려고 일어났어요.
고작 4시간을 자면서 몇 번을 깼더니
아침부터 피곤이 누적되어 몸이
천근만근이에요. 온몸이 아무것도
하고 싶지 않다고 아우성이에요.
의욕이 바닥을 쳐요.


오늘은 기도도 생략했어요.
이미 기도 시간은 지나가 버렸는 걸요.
일단 버터커피와, 주일 전날 사둔 단팥빵 한 개와
그릭요거트를 통째로 먹어 버리고 있어요.
뭔가 부족해서 다시 빵 봉지를 가져와요.
다른 빵도 맛을 봐야겠어요.


나의 매뉴얼이 바뀌고 있어요.
달라졌어요.
매일 나를 재촉하던
나의 매뉴얼 시스템은 파기시켰어요.
빈둥거리는 나의 몸이 반응하는 대로
오늘은 그렇게 할 참이에요.

# 질질 짜지 않기로 했어요

"미 비포 유 (Me Before you)"라는 영화를
여러 번 봤어요. 조조 모예스(Jojo Moyes)가
쓴 책을 먼저 읽어서,
영화가 반가워 보고 또 봤어요.

한동안 책을 읽지 않았어요.
영화도 보지 않았어요.
만사가 귀찮고, 또 내 삶이 싫어 반발한 거예요.
신앙의 힘으로
본능을 이기겠다고 우기기도 했어요.
인터넷 속 사람들은 왜 그리 행복해 보이는지…
짜증이 났던 것 같아요.

시간이 오래 흘러 나는 내 자리로 돌아왔는데,
정신을 차려 보니 유방암이 기다리고 있었어요.
힘든 투병을 했고, 마침내 유방암도 이겨 냈어요.
이제 무엇이든지 할 수 있는 마음도 생겼어요.

영화를 보면

죽음을 앞둔 윌이 루이자에게

유산으로 돈을 남기면서

편지를 써요.


"그 웃기는 옷들과 거지 같은 농담들. 감정이라고는

하나도 숨길 줄 모르는 그 한심한 무능력까지.

이 돈이 당신 인생을 아무리 바꿔 놓더라도 내 인생은

당신으로 인해 훨씬 더 많이 바뀌었다는 걸 잊지 말아요.

내 생각 너무 자주 하지 말아요!

당신이 감정에 빠져 질질 짜는 거 생각하기 싫어요.

그냥 잘 살아요! 그냥 잘 살아요! "


루이자가 이 편지를 읽는 장면에서

나는 엉엉 울었어요.

내가 어느새 루이자가 된 것처럼.

윌의 따뜻한 말들이 내 상처를 치유했어요.

촌스러운, 노란 줄무늬 스타킹도

포기하지 말라고.

가족들 때문에 꿈을 포기하지 말라고.

나는 포기하지 않기로 했어요.
하나도 숨길 줄 모르는 한심한 무능력을
인정하기로 했어요.


한심한 내 믿음,
한심한 내 글,
한심한 내 재능,
내 모든 것을….


그리고 질질 짜지 않기로 했어요.
포기하지 않기로 했어요.
나의 뿡 치마도.


나는 오늘도
꿈을 포기하지 않고 있어요.

# 그럼에도
# 불평하지 않겠습니다

아무리 더위도 덥다고 불평하지 않겠다던
이해인 수녀의 "여름 단상"의 시구처럼,
나 역시 아무리 아파도
아프다고 불평하지 않기로 했습니다.


차라리 고통을 즐기겠습니다.
차라리 일을 하겠습니다.
일상에 작고 큰 문제 앞에 짜증 내지 않겠습니다.


고통을 딛고 서서 이 악물고 일하다 보니
tBD 군자동 일터, 나의 집이 탄생했어요.
지난 무더운 여름, 퀴퀴한 공기 속에서도
땀을 흘리고 먼지를 마시며
쓸고 닦고 부지런을떨었는데,


어느새 혹한의 겨울을 보내고 있네요.
아직 현관 차고 문도 달지 못했어요.

그렇지만 불평하지 않으려고요.
입이 방정이라는 말이 있죠.
그 입방정을 좋은 쪽으로만 사용하려고요.
일하고 사랑하고 베풀고 존경하고 인내하고
기다리면서 그렇게 살기로 했어요.


"안 아프다, 안 아프다!"
자꾸 말하니까 안 아픕니다.
아직도 남은 이 긴 겨울을
불평하지 않고 잘 보내야겠습니다.


우리 집 발코니는 봄이 온 것 같아요.
잠옷 바람으로는 감기 걸릴까 봐
스카프에 양말까지 신고
코끝이 시큰거리는 찬바람을
즐기고 있습니다.

# 인생 두 번
## 사는 사람 없잖아요

1985년 5월, 둘째를 낳고 바로 다음 달
운전면허를 취득했어요.
언젠가 운전할 일이 있을 거라고 생각했어요.


처음엔 운전이 무서웠어요.
'길치'인 내게는 주행 연습이 고문과도 같았어요.
그러다가 집 근처 가까운 곳은 다닐 정도로
실력이 조금씩 늘었어요.
문제는 수도 없이 차를 긁었다는 거예요.
크고 작은 접촉 사고가 잇따랐어요.
사고가 날 때마다 겁이 났고,
충격을 받아 '운전을 그만둬야 하나?'
생각하곤 했어요.


'남들도 다 하는 운전인데,
왜 나는 이렇게 힘든 걸까' 의문이 들었어요.
어떤 사람들은 "운전이 뭐가 힘들어?

내비게이션 잘 보고 가면 돼” 식으로

대수롭지 않게 말해요.

그런데 나는 도무지 내비게이션 알림에

익숙해지지 않았어요.

더디게 말하고 느리게 인도해 주는 것 같았어요.

좌회전하라는 건지, 우회전하라는 건지

도통 알 수가 없어 머뭇거리면 뒤차가

‘빵빵’거리는 소리에 식은땀이 날 지경이었어요.

그 무렵 운전 때문에 얼마나

많은 눈물을 흘렸나 몰라요. 서러웠어요.

그만큼 운전은 내게 정말 버거웠어요.


운전 8년 차.

이제는 내비게이션 알림을

잘 이해하고 지도도 곧잘 봐요.

운전 잘한다는 말도 듣고, 주차도 잘해요.

경주해도 될 만큼 속도도 내요.

차 안에서 음악도 듣고, 설교 말씀도 듣고,

기도도 소리 내서 하고, 노래도 불러요.

차 안은 내게 또 하나의 쉼터예요.

운전을 통해 세상을 배우는 것 같아요.

우리는 다 인생이 처음이잖아요.

인생 두 번 사는 사람 없잖아요.

그러니 어떻게 처음부터 다 잘할 수 있겠어요.

다만 두려움이 닥쳤을 때 숨거나 피하지 않고

그 두려움을 이겨 내고 당차게

살아갈 용기가 필요한 거예요.


나도 그래요.

요즘 내 인생에는 새로운 시동이 걸리고 있어요.

내 안의 재능이 어떻게 나타날지 몰라요.

하고 싶은 것을 맘껏 배울 계획이에요.

물론 숨어 있었던 재능 같은 건

없을 수도 있어요.


그렇다고 실망하지는 않을 거예요.

내가 지금껏 한 경험을 차곡차곡

내 마음 창고에 넣어 두면 돼요.

이 경험들을 주님이 꼭

보석처럼 값지게 쓰실 테니까요.


재능은 발가벗은 몸과 같아요.

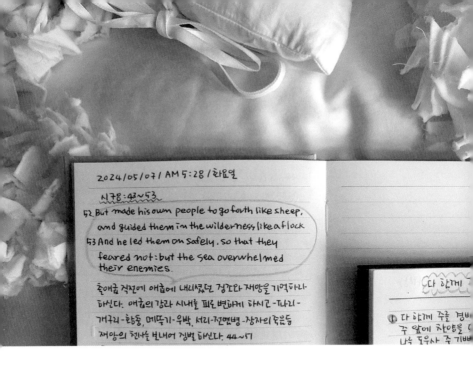

'노력'이라는 옷을 입어야

비로소 세상에 나갈 수 있어요.

믿음과 신앙, 기도와 찬양도 노력이 필요해요.

세상에 나가기 위해 작은 재능을 발견하고

열심히 '노력'이라는 옷을 지어 입을 거예요.


성경 말씀을 하루에 한 구절씩 암송하려고 해요.

물론 내일 또 잊어버리겠지만 말이에요.

연습을 통해 결국은 '내 것'이 된다는 걸

오랜 경험을 통해 알고 있어요.

# 엄마를 이해할 수 있는
# 나이가 됐어요

이혼 후에 두 달여 미국 생활을 하고
귀국해 엄마와 함께 오피스텔로 입주했어요.
태어나 처음으로 누구의 간섭 없이
마음대로 생활할 수 있었어요.

하지만 기쁘지는 않았어요.
그때는 그저 결혼생활에
실패한 여자가 있었을 뿐이에요.
다시는 일어설 수 없을 것 같은
쉰 넘은 여자였어요.

이혼 후
정신과 치료를 1년 6개월 동안 받았어요.
그 무렵 결혼생활을 이야기하면 울컥
눈물이 터져 나왔어요.
의사 선생님은 두세 시간씩 내 이야기를
들어 주며 할 수 있다고 격려해 주었어요.

이제는 그렇게 살지 말라고,
혼자 잘 해낼 수 있을 거라고
용기를 주었어요.


그런데도 쉽게 나아지지 않았어요.
아마 그때 엄마가 곁에 없었더라면
나쁜 선택을 했을지도 몰라요.
그렇지만 내게는 엄마가 있었어요.
기도할 힘조차 없이 울고만 있는
딸의 머리를 쓰다듬고
대신 기도해 주는 엄마가 있었어요.


엄마, 서른 살이 채 되지 않은 나이에
남편을 먼저 하늘나라로 보내고
네 아이를 키우느라 주한 미군 부대에
식당 일을 하러 가셨던 엄마.
이제야 그 시절 엄마가
얼마나 고생했을까 생각해요.
오피스텔 작은 공간에서
엄마와 둘이 부대끼며 정이 들었어요.
자연스레 대화가 많아졌고

서로 몰랐던 것을 알아 갔어요.

나와 아주 다르다고 생각했는데

닮은 점이 있더라고요.

엄마도 청소를 좋아하고,

초저녁 잠이 많고,

아침 일찍 일어나는 새벽형 인간이었어요.

자식한테 목숨을 거는 것도 닮은 점 중 하나예요.

그렇게 나도 엄마를 닮아 가고 있다는 것을

비로소 알게 됐어요.


이혼하고 7년 동안 엄마와 함께 살면서

엄마가 나를 얼마나 사랑하는지 깨달았어요.

요즘 어릴 적 부리지 못한

어리광을 부리는 중이에요.


엄마는 수시로

철부지 늙은 딸에게 밥을 지어 줘요.

영양 많은 건강식을 챙겨 주면서 기뻐하세요.

아픈 딸에게 뭔가를 해 줄 수 있다는 것 자체로

행복해하는 것 같아요.

엄마 덕에 상처 난 마음이
조금씩 아물고 있어요.


요즘 엄마는 혼잣말로 중얼거려요.
"인제 그만 살아야지. 살 만큼 살았어.
너도 보란 듯이 잘 사니
이제 여한이 없다."


그렇게 말하면서 홍삼과 영양제를 계속 드세요.
매주 나와 함께 수영장도 다니세요.
어제는 병원에 들러 비타민D 주사도 맞았어요.
내가 "엄마, 그만 산다며?" 하면
민망해하며 웃으세요.


그런 엄마가 나는
좋고 사랑스러워요.

# 할머니가 살아 계셨다면
# 뭐라고 하셨을까요

"애들아! 얼른 밥상 들고 들어가. 밥 다 됐어."
부엌에서 외할머니가 외치면 중학생 언니와
초등학생 남동생이 밥상을 들고 와요.
그러면 나는 반찬 그릇과 찌개 냄비 자리를
이리저리 바꿔 놓곤 했어요.

노란 양은 냄비에 보글보글 김치찌개가 끓고
작은 그릇에 소박한 반찬이 담겨 있는 밥상.
할머니는 그것들을 그냥 손 가는 대로
무심히 '툭툭' 올려놓으셨겠죠.

나는 그게 거슬렸어요. 찌개를 가운데 놓고
그 주변으로 동그랗게 반찬을 놓으면
보기 좋을 텐데….
작은 소리로 구시렁거렸죠.

"냄비 받침은 왜 이렇게 밉지?

큰 거 말고 좀 작은 걸로 안 보이게 하지.
개인 그릇으로 하나씩 주면 좋을 텐데.
찌개를 덜지 않고 같이 퍼 먹는 건 정말 싫어.”

그러면 할머니는 소리를 ‘꽥’ 지르셨어요.
“염−병하네. 잘 먹지도 않는 게
반찬 투정은 무슨! 얼른 밥이나 먹어!”
노쇠한 몸으로 딸을 대신해 손주들 돌보기도
힘든데 이래라저래라 잔소리하는 손녀가
할머니로서는 예뻐 보이지 않았을 만도 해요.

어젯밤, 온몸에 식은땀이 났어요.
베갯잇과 시트를 다 적셨어요.
다시 자다 너무 더워 일어났어요.
항암 치료 중 수시로 일어나는 증세예요.
네댓 번 화장실을 가려고 일어나요.
그러다 보니 피곤이 누적됐는지,
몸이 천근만근이에요.
아무것도 하기 싫어져요.
하지만 천성대로 방을
깨끗이 청소하고 몸을 추슬러요.

온몸이 쑤시니 할머니처럼

'끙끙' 소리가 절로 나와요.

허벅지부터 엉덩이까지 주먹으로

'퉁퉁' 두드려 봐요.

어릴 적 내가 할머니를 주물러 드린 것처럼,

누가 나를 시원하게 주물러 주면 좋겠다는

생각을 했어요.


'동주를 부를까. 아냐 지금 곤히 잘 텐데….'

진통제를 먹고 참기로 해요.

세월을 어찌 이길 수 있겠어요.

나도 만만치 않은 나이가

되어 가고 있으니 말이에요.


할머니가 살아 계셨다면 머리카락 없는

날 보며 뭐라고 하셨을까요.

이런저런 할머니 생각에 마음이 짠해지네요.


내가 할머니를 생각하듯

주님이 날 생각해 주시길 기대해요.

나도 하나님 생각하며 이 시간을 버텨야겠어요.

BUTTER 1/2

# 다시 돌아갈 수는 없겠죠

어릴 적 내 모습이 생각나요.
나비를 따라 한없이 뛰던 기억.
식물 채집한다고 커다란 돋보기로 들여다보던
그런 때가 있었어요.

시간을 거슬러 오늘이 그날이길 바라 봐요.
다 잊어버리고, 없었던 셈 치고
노란색에 빠지는 순간 떠오른 내 추억들.
노란 스마일을 수도 없이 그리던 그때.
순수함의 절정.
다시 돌아갈 수는 없겠지요.

노란 헤어밴드와 노란 블라우스,
노란 튤 스커트를 입으니
난 여지없이 어릴 적 추억 속으로
돌아가고 말았어요.

사랑하는 꽃잎들이 나를 부르는 것처럼,

눈을 감고 생각나는 꽃들을 떠올려 보는 거예요.


노란 튤립, 노란 수선화, 노란 제비꽃,

노란 좀가지풀, 노란 야생화, 노란 카라,

노란 은엽아카시아, 노란 창포,

발레하는 모습 같은 노란 산수유화,

초가집 위에 황매화, 노란 유채꽃,

노란 해바라기.


그리고 샌프란시스코 너른 들판에

레몬트리까지 생각하다 보니

입가에 미소가 지어져요.


사랑스런 웃음 되찾기를

계속해야겠어요.

# 비바람이 앞길을 막아도
# 나는 갈 거예요

시간이 흐를수록
생의 물살은 더욱 거세졌고,
물 위 다리만으로는 부족해
날개를 푸드덕거리며
빠지지 않으려고 안간힘을 썼어요.

엄마이기 때문에
나는 절망적인 시간을
견뎌 낼 수 있었어요.

내 인생의 폭풍은 지나갔어요.
설령 다시 찾아오더라도
나는 이제 주저앉지 않을 거예요.
비바람이 앞길을 막아도 나는 갈 거예요.
눈보라가 앞길을 가려도 나는 갈 거예요.
험한 파도 앞길을 막아도 나는 갈 거예요.

이젠 두렵지 않아요.

나랑 같이 가요.

용기를 내세요.

함께 일어나서 이 세상을 품어요.

별거 아닌 걸요.


난 멋지게 살 거예요.

아주 재미있게 살 거예요.


언제는 '혼자 사니 좋다'더니

왜 또 같이 가자 하느냐고요?


나도 몰라요.

마음이 자꾸 바뀌는 걸요.

# 서정희, 지금이 봄이다

---

예순둘

적지 않은 나이다.


누군가는 이미 다 이룬 나이이기도 하고,

누군가는 쉬어 가는 나이이기도 하다.


한편으로는 이전의 삶을

그대로 유지하기 힘든 나이일 수도 있다.

그러나 나는 아직도 하고 싶은 일이 많다.


오늘도 새벽 4시,

같은 시간에 일어나

책상머리에 앉아 있다.

오전 7시,

어김없이 아침도 먹을 것이다.

그리고 출근 준비를 하고 나설 것이다.
직장은 바로 지하에 있는
나의 기도 방이다.


도면을 꺼내 놓고
두 번째 '집 짓기 프로젝트'를
새롭게 시작했다.


서정희 인생에 있어
지금이 봄이다.


서정희의 봄이 오는 소리를
들려주고 싶다.

딸 서동주 그림

Sah Jang Hee